문학과지성 시인선 568

겨를의 미들

황혜경 시집

OURS.

문학과지성사

문학과지성사에서 펴낸 황혜경의 시집

느낌 氏가 오고 있다(2013)
나는 적극적으로 과거가 된다(2018)

문학과지성 시인선 568

겨를의 미들

펴 낸 날 2022년 4월 24일

지 은 이 황혜경
펴 낸 이 이광호
주   간 이근혜
편   집 이민희 최지인 조은혜 박선우 방원경
펴 낸 곳 ㈜문학과지성사
등록번호 제1993-000098호
주   소 04034 서울 마포구 잔다리로7길 18(서교동 377-20)
전   화 02)338-7224
팩   스 02)323-4180(편집) 02)338-7221(영업)
전자우편 moonji@moonji.com
홈페이지 www.moonji.com

ⓒ 황혜경, 2022. Printed in Seoul, Korea

ISBN 978-89-320-3999-2 03810

이 도서는 2020년도 서울문화재단 예술창작지원사업에 선정되어 발간된 작품입니다.

문학과지성 시인선 568

겨를의 미들

황혜경

시인의 말

본 것이 다는 아니듯이

귀가 오랫동안 태어나고 있다.

할 수 없는 것은 할 수 없던 순간도 있고

해日가 나무木에 걸렸다고, 동東

나는 오랫동안 태어나고 있다.

떠오르다가

시간 안에 옮겨질 것이다.

2022년 봄
황혜경

겨를의 미들

차례

발문

I

철거

‘냉기의 기술으로 끝까지 떠밀어줘’

‘안아줘도 눈물이 마르지 않을 때 그때는 이미 위험해’

무리한 요구를 하는 상대들에게는 도리도리 안녕히!’

‘혼자 살아요? 물음표 뒤에 숨은 의도가 (((）))를 바라보고 서 있었다 왜 혼자 살아요? 보살피는 체온 같았다’

‘기다림의 속도는 마지막에 빨라질까’

‘산책일까 여행일까 도망일까 죽음일까 어디 두고 보자’

‘오래된 무게에서 벗어나야 할 때는 생살을 찢는다는 말과 장거리 경주를 이해하기로 해요 나는 아직도 멀어요’

‘발끈하는 분노는 쓰지 않기로 하자’

오래된 빌라에서 오래된 사체 한 구와

남은 문장들이 발견되는 아침에 관한 이야기

해는 또 떠서 오늘이고

문장들은 사라지는 중이고

방은 죽음 이후만을 보여주고 있다

연필 대신 베개를 품에 꽉 안고 있는 손가락뼈들

외롭지 않은 날에는 쓰지 못했을 것이다

모르는, 집요하다

미늘을 삼킨 듯 그 바늘을 목구멍에 걸고
꼭대기 쪽으로 이동을 하고 있는 것이라 여겨지며 지
속되던 한때
심각한 얼굴로 아이 손을 잡고 귀가하는 한 무리의 여
자들
그믐을 만지는 손들이
데리고 가는 그곳에는 모르는,
가득한 창고가 있었다고 한다
무엇이 가득한지를 모르는,
창고라 한다

행운이거나 선물이거나 무기
모르는, 흉기가 될 이미 받은 모르는,
받지 말아야 하는 것들에 대해
기합 소리가 단체를 만드는 일에 대해

허리가 ㄱ자로 꺾인 노인의 그 남은 날이 남의 일이 아
니듯이 모르는,에 살고 있고
실로폰 소리 위의 봄밤,

누가 죽었는지 모르는, 보이지 않고 모르겠어

지워보려고 지울 수 있는 것은 지우고 나서 보려고
가눠보려고 가눌 수 있는 것은 가누고 나서 보려고
나눠보려고 나눌 수 있는 것은 나누고 나서 보려고

더 불쌍한 사람이 죽고
죽음으로 용서되는 일도 있지만

상자는 여섯 개
하루가 비고
빈 것을 아는 것만으로도 1년에 마흔여덟 개쯤 모르는,

계절은 다르게 숨긴다

과장된 어깨는 스스로 많은 걸 데리고 온 줄 알지만
모르는, 앞에서 사라지고
모르는,에 의해 의외의 것에 기대를 걸고

아이는 아이답고 벌레는 벌레답고
바람은 어느새 푸른 쑥으로 자라 진초록

나는 모르는,

거미의 노래를 개미가 듣고
벌레의 이동을 흙과 바람이 돕고
땅은 휘둘리지 않으며
아니다 그렇지 않다 말하지 않으며

모르는, 집요하다

겨울의 미들

갑자기 왜 그래?라고 했니 갑자기는 아니야 어디서부터 얼마 동안 준비해야 갑자기가 아니지? 어중간한 네가 그동안 그걸 생각하고 있지 않아서야 겨울이 없는 건

어제의 친구는 오늘의 한가운데에서도 친구가 맞는 걸까 거기 끝에 누가 있다고 믿어서 여기서부터 누가 또 간다 있을 무엇 때문에 있는 무엇이 움직이려고 해본다 쪽을 지으려고 비녀를 꽂는 뒤의 그날의 미들

내가 좋아하는 그동안의 내 얼굴이 있지 자기가 좋아하는 그동안의 자기 얼굴이 있어 내가 좋아하는 자기의 미들이나 자기가 좋아하는 내 얼굴의 중앙 말고

하지 않아도 되는 말을 하고 돌아온 날에는 있을 수 없는 일은 없다는 것을 있게 하도록 인정하게 하는 겨울의 의미들 완전한 거짓말도 되지 못하고 완전한 말도 되지 못하는 하지 못하는 나는 장난감 병원에 맡긴 망가진 장난감을 장난감 박사님들이 고치고 있다는 소식을 들으면 느슨해진 중간의 나사를 조이고 있다고

그러는 동안의 중심에서

아주 천천히 밥을 먹고
아주 천천히 몸을 씻고
아주 천천히 옷을 입고

이혼하는 아침에는

결혼을 한 적 없는데 희미한 기억으로는 분명히 그러한데 이혼하는 꿈을 꾸고 일어난 아침에는 오늘의 아침인지 미래의 아침인지 결혼을 한 적이 있었는지 헤어진 것들의 해진 자락을 붙잡고 있는 나만 모르는 것들이 마지막인 듯 필사적으로 끝자락 어디쯤 붙잡고 에워싼다

아는 얼굴들이 성별을 지우면서 섞이고 아는 남자와 남모르게 알던 남자가 다투듯이 오로지 한 남자가 되기 위하여 서로를 삭제하려고 정신을 치고받으며 이 여자 앞에 혼자 서려는 것이다

어제는
여자의 남편 같아 보였으나 아이의 아빠 같진 않고
남자의 여자(아내) 같아 보였으나 아이의 엄마 같아 보이지는 않았다
알 대신 조약돌을 품으며 엄마아빠 연습을 미리 하는 펭귄도 있는데

엄마가 그날 싸준 마른 자두를 씹으며 산책을, 하는,

화분을, 사는, 사는 나는 듣는다 88세 인도의 최장수 코끼리 할머니 닥샤야니*의 죽음으로 천천히 번지는, 얼음을 녹이는 빛의 소식을

　살고 있는 만국의 기도 같은 몸들, 갈 때는 전하고 저문다

　이혼하는 아침에는

　같이 일어나지 않거나

　같이 밥을 먹지 않거나

　같이 섞었던 것들을 하나씩 따로 공들여 떼어내면서

　낳았던 것들도 주워 담으면서

　엄마, 아빠, 처럼 들렸던 목소리들도 훈육하듯이 냉정하게 멀리하면서

　한 적 없는 사정과 거듭하는 배란과 결혼과 동침과 이혼과 계속해서 돌고 도는 나만 모르는 것들이 설레는 것들도 차단한다

　주거니 받거니 악담까지 다 주고받고도

　끝나지 않는 관계가 있고

죽은 벌레도 치우지 않고 죽은 개도 치우지 않고 때때로 보듬고 화분 옆에는 모아둔 유골함들이 볕을 쬐고 있다 누군가 두고 간 물건을 누가 갖고 있는 것이라면 이런 것이라고 간직이라고 말할 수도 있겠고

식물상담소 앞에 서 있다가 몰래 서성이다가 돌아가는 날에는
지녔던 것이 무엇인지 알 수도 있을 것만 같았는데

결혼은 한 번도 한 적 없는데 사실로도 그러한데
이혼하며 잠든 어젯밤에는
내일의 밤인지 그저께의 밤인지 또 결혼을 하고 싶어서인지
하나가 더 필요한 어렴풋이 긴 혼자인 밤이긴 한 듯하다
부족한 것이 무엇이었는지
이 여자 앞에서는 모조리 죽은 것이어야 모처럼 가능해져서 그러는지 알 수 없지만

이 밤은 이 밤 이후로

어느 내일의

이혼하는 아침에는 보다 더 침착해질 것이다

* 결혼 생활의 행복과 지속을 관장하는 힌두교 여신에서 따온 이름.

것의 앞면과 뒷면과

어떤 것에도 앞과 뒤가 있다
모든 것에는 잘 보이는 면과 잘 보이지 않는 면도 있고
감추고 싶은 것이 감춰지지 않는 것이 되기도 하고

얇은 거울 속 두꺼운 낯
작은 이야기 속 큰 사건

숨기는 것이 포근한 것이기도 했지만
것의 완完의 내력을 따라가보면
앞면과 뒷면 그리고 분명히 알 수 없는 면도 있다
그것은 보이지 않는 면과 알 수 없는 것이라서

오늘은 개미가 먹어야 할 약을 놓아야 한다
몇 달 전에는 바퀴벌레가 먹어야 할 약을 놓았다

여기 있는 것인데 못 보는 것과
멀리 있는 것이라 못 보는 것과 다르잖아
그것을 변명한대도 마음 있는 곳에 몸이 있잖아
너의 것에는 이것보다 더 중요한 것이 거기 있었던

거야

　월요일의 영역에서는 모른다
　너에게 없는 요일
　월요일 밤에 죽을 너에게
　그 말은 알고 떠드는 말이니 묻고 싶었는데 묻지 못
했다
　화요일에 없는 것
　너에게

　초록,이라고 하면 초록이었던 자리가 먼저 떠오르고
　그곳에 무성하게 있던 것을 그리게 되고
　것에 음식을 넣고 약을 넣고 먹지 않을 때는 자고
　오래된 것으로 인해 이러다 병들겠어
　그것들을 살피다가 기분을 망치는 일이 삶을 망치지
않기를 바라며

　입술로 작정하고 뱉고 아침부터 지어 먹고 침을 뱉고
　저녁과 밤에도 이빨을 쑤시며 기대하는 것의 입

믿는 것의 선한 얼굴과 인상을 말할 때
　가장 나쁜 짓을 하는 것은 다람쥐가 아니다 사람이지
토끼도 아니고 사람이야
　너의 것으로 이름이 되고 이름으로 더욱 것이 되어가는
네가 거기 있다가 온전한 너로 만든 자리는 빛나

　나의 것으로 느끼는 것에 대해서
　앞장서는 미혹 당기는 운명
　한세월 무익하거나 유익하거나 점검을 하는 것은 접어
두고
　나의 것은 내 나라의 영토에 살고 있는 것인지
　나의 것은 내 나라의 국민의 것은 맞긴 맞는지

　애초부터 잘못된 지적도地籍圖 위에
　엉뚱한 쪽으로 길을 내며
　주춤주춤 지워질 걸음을 내며 가는 것이 있겠지
　고집스러운 것이기도 하겠지
　괴로우나 즐거우나 나라 사랑하자고 노래했지만
　다 망가져도 너무 괴로워도

징검다리를 놓듯 발자국을 받아주는 어둠

것은 또 오고 있다
나에게 없을 요일
것과 지내다가 죽을 나에게
이것은 기다리던 것이니 묻고 싶었는데 묻지 못할 것
이다
그 요일에 없는 것
나에게

것에는 앞과 뒤가 있다
것의 앞면과 뒷면에도 볼 수 없는 면과 보이고 싶지 않
은 면이 있고
부피를 가지므로 생기는 옆 말고도
입체가 깨져도
끝끝내 분명히 알 수 없는 것의 여러 면이 남아 있다

것은 그것으로 완성되는 전율일 수도 있다

낮의 증거

해가 뜨자마자
첫 손님으로 대해주는 날이 있다

따라서 움직이고
향해서 걸어가고

여기는 어디 나는 누구
물음은 블랙의 모호에서 시작되고
길의 중간에서 밑창이 벌어진 신발은 난감하지만 시초
부터 벌어진 것보다는 덜 난감하지만
걷는다 몸은 밤을 묻기 위하여
깜깜,에 도달하기까지

기억하는 한낮의 흔적 제비꽃 바람 주위의 뻔한 관망자
봄의 시선들은 그러했다
인물보다 우선인 풍경만 보았다 꽃도 좋긴 좋지만

새가 데리고 간 것들이 없었는데
시간은 빈자리를 가르쳐주었다

처음으로 알게 된 계절이었다

나에겐 어린이 친구들이 나에겐 노인 친구들이 있다
내가 아는 개와 친구가 되려면 나의 어린이 친구와 노인
친구와 먼저 사계절 친구가 되어야 하는데 밤의 멈추지
않는 개의 울음은 잔혹을 상상하게 하고 밤이 계속 밤을
까고,
  까고 속을 보이면 울던 7월의 낮이 나왔고
  네가 곧 죽은 개와 친구가 되려고 하는데 밤으로 따라
들어와 따끔,
  부어오르는 붉은 자리들

짐이 하나 늘었군요, 낮에 말했는데
는 건 아니죠 나올 때 이미 들고 나온 건데, 밤이 대답
했다

  잠은 안 잔 것 같은데 꿈은 꾼 것 같아
  꿈은 자야 꾸는 거니까 잔 것이고
  낮잠인지 밤잠인지 잠이 잠과 나눈 쪽잠인지

베고 잠들었던 것인가 찌그러진 책을 참을 수 없어
보이지 않는 것을 보기 위해
종종걸음으로 여기까지 읽으며 걸어왔으니
데리고 온 이 몸이 증거이니
남은 빛의 자리에 서서
깜깜,에서 뛰어내리기를 여러 번 각오했으니
낮의 옥상이었나 밤의 옥상이었나

어렵게 살아간다는 말을 계속하는 낮이 있었고 알아주
었고
임시방편으로라도 살아, 비추는 밤이 있었고 믿어주
었고
타일의 틈에서 머리를 내민 집게벌레와
마주쳤을 때
아침이었다

상세불명詳細不明의
밤을 잘 넘기고 나면

해가 뜨자마자

첫 사람으로 만나주는 날이 있다

설령

　나무 도매시장 꼭대기 구름 파란 크림빵 넓은 솜사탕
바람 충전소 하객 대기실
　설령 이 모든 것이 복주머니에 들어 있다고 해도
　실상 방울토마토 아삭 고추 상추와 깻잎 가지까지 가
지가지의 만져지는 몸

　나무를 다 자른다 해도 뿌리의 기억은 갈래를 더 가르
며 자랄 텐데
　설령 습관적으로 쓰는 문장들이 힘 있는 형태를 만들
어 붙잡고 있어도
　실상 이를 데 없이 흐느적거리며
　못 할 것이다
　설령 오라고 하면 더 안 와요 나는
　양팔로 가둔다 해도 긴 포옹은 아닌 것처럼
　읽을수록 허전한 안을수록 벗어나는 설령의 부정적인
가정

　목장갑의 빨간 고무 손바닥처럼
　아직 놀랄 일들이 많을 거라서

병색에 물든 얼굴이 짙어지더라도
그렇다 해도 재건을 위해
설령을 넘어서
실상 나아가고 일으킨다

설령 살아도 오래 살면 안 봐도 될 꼴을 많이 보더라도
실상 군살 없는 말과 간간이 넉살
어루만지다,와 어루더듬다,를 위해 세미細微하게 헤아
린다

사람의 아이가 기지개를 켜는 동안
잊고 있던 화초에게 물을 줄 때는 꼭 이 말이 맴돈다
너만 먹지 말고 나도 좀 줘, 물
화분이 안고 있는 아직 죽지 않은 식물의 중심에서 듣
다가
순서를 기다리는 가축들,이라고 썼다가
기다리지 않아도 오고야 마는 모른 체하고 싶은 순서,
라고 고친다

설령 평생 절망이라는 걸 모르는 사람이라 해도

실상 부재의 기미로 축났던 적이 있었으니 시야의 모든 것을 그대로 둔다 사라진 게 사라지기 전처럼

설령 사라졌다 해도 실상 모르게

넓어지려는 마음에는 지금 막 우리 어린이,라고 쓰고 있고

설령 믿고 있는 결속이 지나간 일로 깨진다 해도

실상 한 번은 편을 가르며 울타리 안에 **우는 우리 어린이**를 내 편처럼 써보고 다독거린다

모로

정면이 아니구나 모로 그래도 안 되고 그럼 못 쓰고 저지하는
그 표식은 쓸모를 잃어버린 갑옷이구나
애도는 안쪽의 이야기이고
반쯤 가려진 시계는 밤의 낮이기도 했고 낮의 밤이기도 했다

모로, 알쏭달쏭 공포
모르는 반대쪽이었다
많은 것을 할 수 있는 일주일이었지만 내용은 영락없는 생략이었고
순서는 물론이고 이름은 더욱 암기하지 않았다

바로 두 사람은 여자로 꽃밭에 앉아보는데
너는 너의 소품 나는 나의 소품
남은 바짓단을 주머니에 넣고 걸어가는 외발 노인이 떠날 궁리 대신 돌아오지 않을 궁리를 하는 월요일이었다
모르는 주머니 속은 어찌나 궁금한지

모로였다

옹분이라 믿고 총질이나 칼질이나 하는 것들이 비로소
자기 쪽을 겨누게 될 때
애매모호 속에 누워 여러 해석의 하나일 뿐이라는 자
세로 비스듬히 불찰에 기대어 있는 그를 보았는데
바로 볼품없어지면 보지 않아도 돼 비껴서 눈 감아 옆
으로 비껴 서서

모로, 잘 가눌 때 올 거야
잘 아는 화장실 벌레를 정면으로 보는 새벽
곧 해가 빛을 가볍게 띄울 텐데 모로, 이리 와 나랑
놀자

언젠가는 엄마 반지라도 갖고 와서 청혼해, 꾸준하게
말하는 모로의 여자의 입은 닫히고
전봇대와 개와 춤을 달과 나와
너는 빼고 추는 모로의 몸
모로 누운 시체처럼 잠들 거야 침묵인지 공백인지

바로 누인 시체는 마지막에 들은 귓속말을 누구에게
번역시켜 전달하려고 고개를 그만큼 돌렸던 걸까
　모로의 바로, 바로의 모로, 오가며
　몸 둘 바를 모르는 모로와 바로와 나와
　모로, 잘 가눌 때 있을 거야

　실눈을 뜨고 살폈지만 빗나간 의심들 앞에서
　다시 바로,는 비스듬히,
　또 모로,는 바로, 쪽으로 약간 이동하고

　모로 내일은 정육점에 갈 것이다 우물거려야 할 살점
의 필요를
　바로 알고 입에 넣고 충만할 것이다

그날의 음정은 허탄虛誕*

시리우스, 개의 별이 방향을 부추긴다
코가 없는 나방과 나비에게는 더듬이가 있고
아는 사람은 우산과 교회로 피하고
나는 주어진 삶의 남은 역설

바람의 영향과 무관해지며 잎들을 토스하지 못하는 나
무들
숨았다, 낙담을 보내면 한 번은 환기되는 계절
속았다, 애인이 떠나고 모든 주기가 바뀐다
봄과 가을은 소울메이트일 확률이 높을 거야
솔의 음정으로 무겁지 않게 오르다가

죽음으로 면피하는 自
선심을 쓰듯 진심이라며 한번 크게 열었다 닫는 아
가리
自의 Rain은 하품의 노래로 내리고
살 수 있는 만큼 살다 가
가사를 조금 아는 나는 지금부터 끝낸끝난自를 불러내
는 음을 허밍으로

저절로 끝내지끝나지않는다 自 웃으면 웃는 自 웃어야
웃는 自 웃으면 우는 自 내가 울면 웃는 사람 그 自 소름
끼치는 반전을 찾아 웅성거리는
自의 自로부터 自의

리듬이 더듬고 있는 肉

모르는 주파수로 언젠가는 닿을 거라는 걸 알지만 가
사를 조금 일찍 아는 나야
어리석어도 살 만큼 살다 가

스스로 잠이 들었구나
스르르, 는 그것인지도 몰라
사체를 앞에 두고 고개를 묻고 엉덩이는 들고 우는
마음
덩달아, 는 그것인지도 몰라
모르게 혼자 죽어도 자연히
내일의 새는 그날은 그날을 울어줄래?

속이 빈 사람

다 잠이 들었구나

이것이 끝이라고는 도무지 그럴 리가

뿌리까지 훼방 놓으며

요란해지는 허밍

허공을 향한 타악

음,음,음, 허망의 중간쯤 와 있는 여기서

속지 않겠다고 발가락에 힘을 준다면

사형수 감방에 불이 난다면

그 많은 걸 잠재울 수 있을까

어제 진 것들의 히든 버튼을 열며

느닷없는 웃음으로 해제되는

감정의 그늘과

당신의 자식인지 당신의 자식의 자식인지 모를 아기를

유모차에 재운 당신은

밀고 간다

안개를 위한 a단조 속으로

* 기형도 30주기 기념 트리뷰트 시집 『어느 푸른 저녁』(문학과지성사, 2019)에 수록된 시.

난
—— 성동혁成東赫에게

뜨개방 아줌마도 빨래방 할아버지도 갔다 여름에 가
을에 죽음의 소식을 겨울에 들었다 둘 데 없는 시선 이를
데 없는 발길 늦어지며 어두워지는 귀가 잠든 아이의 얼
굴을 물끄러미 보고 있으면 심각해지는 미래 난데없이
그때, 그래, 드러난다 나를 살려낸다 조금 더 살게 한다
살아난다

눈으로만 보고 듣지 않으면 좋을 것 같은 사람이 있
었고
오늘 보면 좋은 사람이 있고
살아 있는 사람을 죽었다고 상상하는 일은
앞날의 관계를 향상시킬 수도
큰 주머니를 차고 다 비우게 할 수도 있을 것 같았지만
사람의 방문을 꺼리던 시절이었으니 지속되는 오래였
으니
적적하게 난 난 아무것도 모르고 창문이 생겨나도
적절한 사람은 지금 없는 사람인지도 모른다
난 지금 정하지 않고
남자도 여자도 아이도 엄마도 아빠도

살던 집에 이전에 살던 사라진 모든 사람들

여러 교실을 지나 자꾸 지나는데
주시하고 있다가 똑같이 따라 부르는 돌림노래
나만 부른다

관련된 숫자가 생각나게 할 때 생일이거나 주소의 일
부였지만 죽어서도 못 보는데 죽으면 못 보는데도 살날
이 많이 남은 줄 알고 살고 다 늙으면 봐야지 짐작만 하
며 여태 오늘만 이렇게 모르고 살고

동사 뒤에서 허리를 받쳐주고 끝내 이루게 해주는 것
들이 있어
솟아나고 있어

울지 마, 너 백 살 때까지 내가 생일 축하해줄게*
닮은 달이 많았다 달이 해인지 모르게 스쳐 갔다
고개를 하나 넘고 나서 아파 누워 있을 때 아무도 부르
지 않았으므로 아무도 오지 않을 걸 제일 잘 알면서도 더

새롭게 한 번 안다 울고 싶어서 우는 것 말고 우는 자의
처소를 찾아 더 일찍 가서 울었어야 하는 것이다

숲을 수색하다가 스스로 쏜 총에 끝이 나기도 하는 생生

그리 슬픈 일도 아니다

어린 손으로 찰랑찰랑 비닐봉지에 담긴 열대어를 들고
양화점에 들어가서 발을 그리고 나오고 싶고
늦지 않게 꼭 찾으러 오겠다고 말하고
다 크기도 전에 모르면서 돌아서는 날
불안의 증명으로 존재하던 날

어느 비 오는 밤이나 어느 눈 내리는 아침
사라지기로 한 누군가를 사라지려고 난 무언가를

젤리에 갇힌 호접몽처럼
알 수 없는 난

    욕심나고거덜나고정분나고재미나고살맛나고안달나
고눈물나고뽀록나고배어나고슬며시
    생겨나는 재난도

    시간이 어디까지 데려다 놓을까
    그러므로
    난 곳에서 어디까지
    그리고
    난

* 영화 「너와 100번째 사랑」(2017)에서.

동東

─ 너는 피투성이라도 살아 있으라
    다시 이르기를 너는 피투성이라도 살아 있으라*

새가 된 빨간 색종이를 네모로 펼치고
틀렸던 띄어쓰기를 고치듯 걷습니다

비교할 수 없이 독자적으로 우리였지만 다시 우리를
풀어보니 나, 너
내가 본 장면이 나를 죽이며 진행하는 게 있었는데도
괜찮았어요 나쁜 것들이 집중시킬 때도 안은 안이라 믿
는 구석이 있었고 감정 없이 돌을 치우며 하루가 낳은 태
양이 오늘을 어떻게 비추고 있는지 가늠하며 걷기도 했
지요 시간 역행 크림이라며 쥐여주는 여자가 있어 받긴
받았으니 바르고 걸어보는 날에 다시 여자를 펼쳐보니
여자와 여자와 여자와

발도 싫고 손도 싫은 잃은 요일
가장 어두운 것을 기념하며 아는 소리를 다 내고 있는
어둠
굴복한 사람이 아니라 극복한 존재가 되기 위해서는
힘든 대상과 계속 늙어가도 되겠다고 말할 수도 있겠
어요

덮어씌운 푸른 담요는 시선의 끝에 앉은 파랑새라고
말할래
　뒤따르던 그림자는 비호의 증거였다고 말할래

　동東
　한 아이가
　해日가 나무木에 걸렸다고
　상형象形을 얘기하고 있었어요
　처음 본 빨간 것이었다고 해요

　빨강에 관해서라면
　동맥을 자르면 물감이 나옵니다**
　선혈에 떨었던 사람 이후에
　순홍純紅이었어요
　아이가 나무와 붉은 해를 섞는 걸 보다가 돌아오는 길
이었어요
　방향을 잃었는데도 둥글었어요

해가 뜨고 있었고

* 「에스겔」 16장 6절 부분.
** 영화 「빅 아이즈」(2014)에서.

발설의 자세

뚝, 딸이 가지고 놀던 잠자리 머리
툭, 아들이 리드하며 걷어차던 개의 머리

어이, 인간의 기준으로 측량하는 폭력이라고 괜찮지
않다고
인생이면서 따져 묻고 품평을 하고
좋고 좋지 아니하고 고작 인생이면서
에이, 누설을 검출하는 어느 입의 곁은 앞에서 말뿐인
입술
아, 야, 배우는 아이는 시작하고

뱉지 못할 말을 담고 우물거리는 오래된 입술이 있다
고 치자
입술은 망설임 속에 있는 법을 알고
목까지 차오르는 말을 쉽사리 풀어내던
탄성의 관성도 들었고
벌어진 우울도 보고 지나왔다고 치자

입을 오므려 다 걸고

물 위에 부표로 띄우고 싶은 요란한 날에
말하지 않는 입술이 말할 수 없는 입술을 만나면
그런대로 심금을 울리던 때였다고 치자
다문 두 입술은 그대로 미묘한 당혹, 이지만
침묵이 앞가슴의 옷깃을 풀어놓고자
이대로 걸어왔던 것이다
제대로 흉금胸襟을 터놓는다는 것이다

태양은 그늘을 만들고
예각을 이루는 그림자 안에 웅크리고 누워
발이 빠져나가지 않게 몸을 말고
새어 나가지 않도록 단속해야 한다고
말을 내지 않도록 해야 한다고 말하지 않는 입술이 차
마 말할 수도 없는 입술과 만나면
입이 간지러운데 입이 열리려 하는데

내가 모르는 너의 경험과 네가 모르는 나의 경험이
사이에 신비로 자리 잡을 때

본 것 때문에 입술을 다문다

Open

꽉 막힌 사람처럼 모조라고 우기는 오빠를 만나면 형태를 잃어 모양을 섞은 여자들이 모양보다 먼저 형성된 진짜를 잃어

말벗이 길벗이 되기는 쉽지는 않지 될 때까지 잘 열리지는 않겠지만
먹고 마시려고 사각 탁자의 네 귀퉁이에 앉은 네 사람은
음악이 할 것을 먼저 한 후에 서로의 거리를 가늠하려고 하지 다가오지

오프너를 찾는 사람
하려는 것들의 시작

담소의 율동이 시작된다

덕장에서,처럼 마를 때 바람과 볕은 성행하고
오늘 밤의 흉터는 두더지가 물고 가고
과거로 축軸을 돌아 달리는 가축들 눈이 빨개 많이 울었니

완숙 토마토가 과하게 익는 것처럼 무차별적으로 무르
는 육肉의 소식들 단단한 이 밤이 잠재우려고 해

　　오프너를 찾는 사람
　　하려는 것들의 시작
　　시작의 신호음

　　　　　　위하여

　　오프너가 오픈할 때

제비야, 그 위에

마르긴 마른가 봐 간혹 마시는 걸 보니
힘들긴 힘든가 봐 때로 주저앉는 걸 보니
살기는 살려나 봐 저것 좀 봐 가끔 먹긴 먹는 걸 보니
어둡긴 어두운가 봐 마당으로 걸어 나오는 걸 보니
이건 그 사람 생각이었고 나는 제비에 대해 생각하며
걷는 날이 많아지는데 제비는 날고 있는데

알아, 알지? 알잖아 아래층은 위층을
위층도 아래층을 일단 짐작으로만
이론을 알고 안다는 것의 원리를 알고 찾고
안다는 건 주관의 혼돈이라는 것도 잘 알잖아
배꼽을 내놓고 다니든 엉덩이를 내놓고 다니든
그는 알 바 아니어야 하고

밤의 관심을 차단했을 때
때로 불리하고 유리하고
한때 부패중이고
부재중이고 무의미
다 없다

한쪽만 낡아 균형을 잃어가는 나무 벤치

위에서 마지막 식사

나의 오늘 냄새가 괜찮다

의심할 일이 뭐가 있냐고 하겠지만 운동화에 발을 넣
다가 의심하던 은둔자 Y가 걸어 나와 노인 택배 기사와
어깨를 부딪칠 때

제비야, 그 위에

뱉지 않은 말들에 대해서는 조직적으로 조사가 시작되
었고

오랜만에 나온 Y는 말하고 싶은 것만 말하고 싶어 했
으나

그런 Y는 그 시기에 있어서는 안 된다고 사람들이 말
했다

이건 Y의 설명이었고 Y를 생각할수록 나는 제비에 대
해 생각하며 걷는 날이 많아지는데 3백 도의 시각과 1그
램의 뇌를 가진 제비는 날고 있는데

밉고 보고 싶고 가지 말아야 하는데 가고
제비야, 그 위에
Y와 만난 지점에서 나는 계속 제비만 생각하는데 Y는
빛에 지워진 표정으로 나를 바라보는데
제비야, 그 위에

다 듣고도 다 보고도
자신이 자신을 자신할 수 있는 사람이 자신이기를
제비를 보면 아래서 나는 또 생각만 할 수밖에 없는데
복잡한데
다 지우고
풍기는 것을 덮는 것
제비야, 그 위에

어린 음성을 안는 유아원의 지붕과 성장을 지키는 학
교의 지붕이 있고
제비야, 그 위에

선명한 밤

행복해 보이는 개랑 목숨을 부지하고 있는 듯 보이는
개랑 놀았다
행복한 개랑 목숨을 부지하고 있는 개랑 논 것과는 완
전히 딴판으로

연소年少한 것들이 지나갔다
똥꼬치마립스틱하이힐양복수염넥타이구두
그것들과는 멀었지만
암수를 한 쌍이라고 말하는
사람은 아니었다
지나간 것이 있었고 지나가고 있는 것이 겨웠다 뚜렷
했다

야외 관람석이 있다면 내볼 만한 밤이다
방에는 쓰지 않는 가방이 많고 곳곳에 안이 많다

새끼를 낳기 전에 풀잎으로 공간을 밀폐하는 염낭거미
는 제 몸을 먹이려고 공들여 입구를 막는다 어미의 살을
먹고 자라 그곳을 나온 어린 염낭거미에 대해 듣던 밤이

있었다

　수식어가 붙은 이름 그것들을 언제 다 떼고 가려나
　나는 방에서 어제 놓친 검은 왕거미를 한 번 더 놓쳤
는데
　갈 길을 간 거미가 나오지 않는다 거미는 살고 있을까
　내가 세 든 집에 네 집도 있는 모양이구나

　밤이 지나갔다
　포기한 밤도 있고 사탕에 혀를 베일 줄이야, 베인 밤도
있고
　스테인드글라스를 통과해 착색되는 빛을 품은
　몽롱하고 아리송한 밤도 있었다

　가끔은 거절해줘 고뇌는 그 자리에서 그때 시작되니까
　육체의 편의를 닫게 해줘 확장은 거기서 시작되니까
　누워 있는 자리에서 처소에 대해 생각하면
　맴맴, 스올, 스올이 맴돌던 밤이었다 1년 같은 하루

선명했다 밤다운 밤이었다

그래,

그래,

대부분의 기후에서 저울의 수평을 이루지 못해서 그래,

하다 만 세수처럼 엄마의 음색을 닮은 딸이라,

덜 씻긴 거품처럼 아빠의 지배를 배운 아들이라,

부모형제자매언니동생들은 그래, 이해를 하지

정체불명의 윈윈win-win, 그런 것들도 그래, 천막을 치고 그러는 것들이 있지

그래,

그래서 고개를 드는 기피 가면을 쓰는 기피의 산책 기피가 시장에도 가야 하고 친구도 가끔 만나야 하는데 피하려는 것이 무엇인지 알지 그래,

그럴 때마다 너는 기피에게 연두의 안부를 묻고

이쪽에서 자라는 연두를 말하며 걸으면 다른 시간에 본 연두와 만났다

연두를 만나는 너를 만나서 듣는 그래,

이 경우의 것은 소리이기도 하고 연두의 육체이기도 하고 포옹이기도 해서

그래,

그래,는 동질에 뻗어가는 넝쿨이야

찔린 손가락을 동여매는 옥양목이야

지혈하는 안전한 압박법이야

그래,

4남매의 어린 어미가 비혼의 늙은 여자에게 가르쳐줄
것이 있다고 말할 때도

나는 그래,

그래,는 혈족의 피부접촉 같거든

변명의 자리의 변명의

나무를 심었다 죽을 나무만을 골라 심었다
그 바람이 스치자 밤마다 부러졌다

해놓고 변명을 하기보다는 변명을 위해서라도 해야지
변명을 만들어놓으면 하게 되겠지 나는 너무 하지 않으
니까
저문다

해도 안 해도 있어도 없어도 그 자리에서 턴테이블은
회전한다
기록된 음악이 재생되며 시제時制를 지운다

너에게 그것은 커 보여서 꿈꾸고 이것은 작지만 당
분간 당장 안주하는 시간이라면 나는 다 거르고 너에게
패스
나 이전에 형성된 너의 관계들
돌고 돈다

화관을 만들어 쓰고 들어오면 시드는 공간의 마르는 나

산책시키지 못해서 휘청거리는 걸음 뭉개진 샐러드 고목
이 새싹에게 전하는 억울한 편지들 변명의 반대말은 무
엇일까 그 자리에서 과정을 그리는 구설

　나무를 심었다
　바람은 내가 심은 나무만을 골라 죽이는 것이었다 그
자리에서
　다스리는 것은 무엇이었나

　오늘 나의 자리는
　들이받을 준비가 되어 있는 화난 별자리라고 하고

　의자가 사람을 비운다
　도의적道義的 의자가 비울 것을 비운다

1

1이 혼자 자꾸 그러면 주저흔이 남을 것 같지만
미간의 주름은 고민의 흔적이라 좋다 하고
고여서는 시간의 단위를 이해하기 힘들어지고
당연한 것을 새롭게 모르겠다고
비밀 한 뭉치를 쥐고 종적을 감췄다가 나타나는 1

이 모든 것은 복잡한 1의 외진 공간에서 이루어지는 일

그때마다 1은 미란迷亂하여 마음의 포커스를 나 이외
의 다른 것에 두면 1이 아닌 것 같다고 하고
1과 2가 가능해야 3이 오는데 1은 1이었지만 오로지
1이었던 적 없고 2가 될 수 없었으니 3은 불가능하지 "크
리스마스 전구들처럼 교대로 반짝이며 이번에는 내 차
례"라는 말을 반복하며 1은 기다리는데

매일 작정해야 하는 것은 환심換心
1은 1이라 더는 기쁘지 아니하다

털을 모조리 밀어버린 개의 살을 만져보다가 체온을

쓰다듬다가 꿈적 않는 개에게 더 잘 거야? 묻다가 1은 의
인화를 실감하고 마치 사람인 것처럼, 직유가 섞이면 1은
더 1과 같은가

　1은 대부분 참고 살고 살다가 누굴 만나면 낯설다 오
히려 1이다 적적하니까 매체를 다 열어두는 거야 듣지도
않으면서 잘 들리도록 보지도 않을 거면서 잘 보이도록

　벤치에 앉아 참외 껍질을 벗기는 일에 집중하고 있는
한 노인의 오후가 1의 시간 속에 있고 노인은 어디서부터
언제부터 혼자였는지 가물거리고

　1에게 남겨진 인물은 남아서 소취消臭를 바라고
　씻으러 들어가서는 언제 나올지 알지 못하고
　소란의 중심인 줄 알았던 1의 고요의 끝이라 보았던
1의
　미취학 아동의 백지
　처음 쓴 1처럼 1은 1이 되고자 하고
　1은 오직 1을 알아가며

1의 곁에 의자를 놓는 것은 어디까지나 1의 의지

녹색 커버

즉흥적으로 닫는다
순발력으로 가능하다
반사적으로
녹색 커버를 믿었다만

문제를 넘어서는 문제 이렇게 될 문제는 아니었는데
어떤 문제가 될지 가족에게 지탄을 받을 수도 사회적으
로 지탄을 받을 수도 있는 지속적인 문제가 되겠지 문제
는 생각보다 열려 있다 널려 있는 문제 유린한 것들은 유
린을 모른다고 저지른다 당시, 밟는 그 유린의 문제지

난데없는 럭비공이 끼어들고
럭비를 좋아하는 너도 마당에서도
운동장에는 난데없다
입이 가벼운 게 아니라 술이 입을 가볍게 하지
가벼운 것으로 가까이에서 먼 것을 가리키고 있구나
녹색 커버를 믿었다만
그루터기에 앉아 있는 우물쭈물은 우물우물

금, 토, 일의 전주前奏는 노래를 금했다

화, 목의 재주는 소용없는 잿빛

월, 수는 발톱을 조심해

당하지 않으면 잊게 되는 당부 속에 있었고

다 갖고 놀았다고 멀찍이 한편에 서 있는 사람도 보
았다

달력은 달력의 힘으로 넘어가고 일상은 그래서 일상이
었다

죽음 이후에나 가능한 것을 바라면서 점점 되어가고

살을 사고 싶고 만질 수 있는 것을 만지다가

하나, 둘, 셋, 넷

손가락을 순서대로 접어보았다 새끼손가락은 이제 남
은 손가락

마지막 약속이라더니 계지季指의 약속은 섣부른 약속
으로 이전의 약속을 지우려는 앙탈을

녹색 커버를 믿었다만

커버는 커버일 뿐 녹색은 녹색일 뿐

잃어버린 모자와 잃어버린 우산의 숫자를 세다가

생生은 저물 것이다

상실 언니에게

뭐, 글쎄
알 수 없는 곳에서 순탄하지 않은 결말을 모으는 모르
는 치마들
시도할 수 없는 바지들 지지부진
많이 잃었어

아이를 골목에서 만나 알아갈 때 오늘의 구름을 보았
니 당연하게 물을 때
땅을 보며 걷는 아이는 본 적 없어 안 보이는 아이는
볼 수 없는 아이는

뭐, 글쎄
불행의 미화는 얼마나 쉬운가
내일은 있는 나를 놓아야지

정리의 수순을 어느 쪽에서 밟고 있는지
분명하지 않은 것 부수적인 것으로 나는 숲속 노을로路
에 있어요

상실, 나는 거기에 있어 나는 안 왔어 아직

사라지는 뒷모습을 보니 흐려지는 앞모습도 보고 싶어
진다 앞이 있었을 테니 뒤가 있지 뒤가 없다면 앞은 보기
싫다 뒤를 돌아보지 않는 눈들이 짝을 지어 앞으로만 가
는데

상실 언니 옆에 있어?

없는 것이 이루어가고 있는 것과
있던 것이 사라지며 이루어내는 것과

상실, 있어
상실 언니 나는 있어?
상실 언니   있어?   없어?

왔다가 가더라도 갔다가 오더라도 못 오더라도
상실 언니 내가 잃어버린 것은 언니가 갖고 있어

쓴 럭키

고운 면만 보이는 활동적인 왕성한 활발한
이런 것들이 당연해야 한다고 말하는 상대 앞에 앉으면
경쟁자의 등장을 눈치채면 바로 짝짓기를 시도하는 암
컷 비단원숭이를 그리곤 했어

미움 없이 이별하는 법을 알게 될 때까지
그런 면만 보이면 알 수가 없지

더러워서 못 나가

가졌다가 버린다 버린다는 사실이 가졌다는 것보다 강
조되지만 버려야 할 때가 다르게 도래하듯이
어제의 별을 하나 갖고 싶었지만
해가 중요해 이 집에서는 극소량으로 자라난다

쓰다 보여주기 위해 써야,라고 너는 말하려, 쓰면 보여
줘야만 하는데,라고 너는 말하고 보여줄 길 없어서 그만
써야 하나, 쓰다 만 너는 말하고 싫어 보여줄 수 없어 쓸
수도 없나, 쓰지 않는 너는 말하다 보이지도 않고

심장에 무리가 가는 화제가 오래도록 이어지고
　뚜껑을 꽉 돌려서 닫아놓고 열릴 줄 알았니 내용물을
알 수 없어

　말할 수 없이 더러워서 못 나가

　너희의 빨강과 다른 나는 오늘 과격하지만
　럭키
　쓰디쓰다
　쓴 럭키
　그래도 오래도록 쓴 나의 럭키
　오지 않을 행운보다
　고요가 다행스럽다

II

믿고 싶은 말

우리 동네 오색 채소 가게 앞에서 채소를 고르는 말을
듣고 있어
오렌지 향이 나는 엄마 손톱을 아이가 만지작거리며
까먹고 나온 맛에 대해 말을 할 때도 있고
옷감이 진열된 포목점 유리창에 붙어 사람이 안을 볼
때도
믿어보고 싶어지는 말이 생긴다
잘 들어보면 노점의 5백 원짜리 양말 앞에서 신중하게
고르는 노부부 앞에서도

불안이 와 말할 수는 없을 거야

지속되고 있는 시간인데 가장,이라는 말은 쉽지 않다
고 말을 하고 있을 거야 뭘 안다고 해야 할지 모르겠다고
말하는 것도 영 아니었을 거야 보관하지 않을수록 덧대
어지고 증식하는 것들의 크기를 겪은 후에 다음 말을 준
비하려고 입술을 움직일 때 멀리 오가는 듯 겸비한 듯 더
신중해질 수 있을 거야 식사를 참는 사람을 알게 되면 빈
속의 사람은 속이 빈 사람을 말할 수는 있을 거야 참는

사람을 알게 될 때 사람을 말할 수 있어야지

불안은 와 결코 말하지도 못할 거야

구릉은 손 뻗어 만지고 싶은 말이 남긴 마지막 지형이
었다고 너는 말을 하고 있는 너를 듣고 있을 거야 본 다
음의 일이지

나는 오래 만나는 사람이었고

누굴 만나고 있었는지 몇 바퀴 더 돌며 생각해야 할
거야

겨울에 차를 끓이다가 춥지 않니 북극곰에게 말을 걸
던 여름에 없는 친구에게 말을 하고 있는 것처럼

뒤엉켜 맴돌며 몰려서

엉망이 된 친구에게도 기다려주다가 해주고 싶은 말

기다린다는 말은 용솟음치게 한다는 말

모르는 것을 기다리느라 믿고 싶은 말

노을을 볼 때는 뒤를 예상하지 말고 충분히 들어가
야지

온몸의 그립감

색과 몸과 충돌 없는 풍경의 활용

여차여차, 여차하면 내가 그르치게 될 것들의 그릇된
행동들

모조리 모이면 알게 되겠지

기다리는 나를

나는

정말로

믿고 싶다는

믿고 싶은 말

아는 어부

새가 물고 간
아빠의 금이빨 때문에
물새의 종류를 공부하기 시작했다고
바닷가 소년이 말했어

깨진 창문은 들고 난 것들의 크기를 제일 먼저 알아
채고
알면서 사 주지 못하는 아빠
웃는 어린이가 우는 어른을 볼까 봐 어린이를 피하는
낮이 있고

밤을 오래 되물어 들어와 소년의 얼굴을 만져보는 어부
손등에 묻혀 온 비늘을 핥아보다가
코코코 아는 눈
코코코 아는 입

물고기들이 이루게 해주면 좋겠다고
바닷가 소년이 옛날부터 말했어
코코코 아는 귀

물고기의 아버지는 모든 물고기의 아버지는 아버지는

듣는다

물 밑의 소리들

계속되는 물색物色

드리우는 기대

그물을 던진다

실험실

유리 비커 5종 세트는
겹유리 창이 되는 날이 있고
물방울의 세계이기도 하고
부딪치는 소리들이 모여 만들어내는 차렵이기도 하며

궁금한 결을 지닌 솜
젖은 솜 위에는 강낭콩이 눕고
적정하게 조준하는 햇빛과 시간을 타고 넘는 온도계
온습한 곳에서 자라는 것들

갖고 싶던 52센티미터 연장 스포이트 한쪽의 고무주머
니를 누른다 짐작보다 먼저 빨아들이게 된 소량의 것을
한 방울씩 떨어뜨리는데 이것은 무엇이 녹고 남은 액체
인가 맨 처음의 실험실에서는 순도 높은 것이었다고 하
는데

넓어지는의심의눈금오해의확장확산의공포는기체로떠다
니는가

배를 가른 개구리에게로 파리들이 몰려들듯이 상한 창
자 안에서 꺼낼 수 있는 자란 말을 다 꺼내놓고서 토사물
을 헤쳐 영양분을 골라 먹듯이 간유리를 통과해 전달되
는 빛

맨 처음의 실험실에서는 콩은 물론이고 씨앗들을 배우
며 싹을 알아갔는데 지금 샬레에서는 목적 없이 배양되
는 세균들이 잘 살고 있고 시약 스푼이 입을 억지로 벌리
고 크게 떠서 넣으려고 한다
백색 가운의 주머니로 손끝 시린 손가락들이 일제히
들어오려고 하는 오늘의 실험실에서는

되레

나는 나를 나와 빠르게 나눌 수는 없는 사람이죠 택시
는 빨리 갈 수 있지 그러니까 되레 버스를 타야지 되레
걷거나

같이 있는 게 좋다고 그냥 같이 있을 순 없잖아 되레
중요한 이유를 대봐야지 이해하지 못한다고 너는 네가
아니지 않지? 방을 나누듯이 틀을 만들어 내가 나를 밀
어 넣고 너를 놓는 소리
　사랑한다면서 되레 볼 수 없을 때에만 사랑이 가능하다

죽은 것들을 붙잡고 우는 어른들의 맥을 짚어준다 유
연한 아이의 눈치가 되레
　아프다면서 사향소심장구이물범고기젤수프를 먹는
어른들

폐만 끼치는 날들 자멸하려 했죠? 모멸은 끝난 후인가
생각하느라 자멸은 되레 소멸하지 않는다죠

울다 잠들지 않았으면 좋겠어 웃다 잠들어

유린의 동의어를 찾는 너에게 되레 짓밟힌 너를 찾아 재워주고 싶었어

전前

23년 된 화분
12년 된 그릇

숲과 밥이 나무와 사람의 목록을 받아 적어가고 있을 때
뒤에서 그네를 밀어주던 손들
모르게 보관된 것들이 몰래 빠져나가는 줄도 모르고
감은 눈과 뜬 눈, 이 깜빡임 속에서

큰 두부는 쉰다
쉰 두부와 미덥지 못한 냉장
시간의 일시적인 제빙과 사라지는 소름

측은한 인사가 곱다면 인사의 기원부터 읽기로 하자
그늘진 얼굴
눌어붙은 무지개
앙상한 발목에 매달린 걸음
모든 음영이 곱다면 음영의 세부를 묘사해보자
풀어헤치기로 하면 표정이 생기는 윤곽

이 모든 것과 관련된 사건의 개요

23년 전 화분
12년 전 그릇

정지된 것들이 움직일 때마다 품고 있던 이전以前이
큰 손바닥을 펼치고 잃어버렸던 것을 이쪽으로 슬쩍 밀
어준다

늙은이의 살가죽이라고 말하며 관성을 지우고
그 단단한 속내를 훔치고 싶던 오후
나의 옐로는 옐로 아이의 화이트는 화이트

전에는 몰랐는데
뭉게뭉게 피어올라 풍부하게 추가되는 것들이 마련하
는 자리가 있다

핑, 붉,

비일비재하게 우람해지는 무심無心

그 밭에서 자라난 것은 누구의 것일까

핏줄은 당긴다,를 핏줄은 끊긴다,로 고쳐도

증거로 아이가 서 있을 때

과장하면서 아이가 혼자 차가워져 서 있을 때

핑,

왜 아빠는 아빠가 보고 싶지 않겠는가 구체적으로

왜 엄마는 엄마가 보고 싶지 않겠는가 사실적으로

혈액을 완성하는 것들

붉,

비밀은 비밀의 제스처로

모르는 게 나아 어지러운 활동

화살은 시위를 떠났으니 꽂히겠지

동선을 따라서

핑,

끝을 알면서 반복되는 순교

붉,

거리의 발들 전염을 향하여 걸어갈 때

살이 부러진 우산을 쓰고 쫓기는 자는 누구일까

낯선 도시를 한 바퀴 빙,

핑,

동물의 학명에 포함되었으나 동물이 아니라고 우기
더니

피가 하는 일들 돌고 돌다 들끓고

해진 사람의 부위 앞에서

고등동물로 인정하는 늦은 마음이 되어

박동을 믿는 심장 애호가로 기록되어가면서

붉,

처리해야 할 일이 많은 아침

팬티 위의 바지 팬티 위의 치마가 맞지

바지 위의 팬티 치마 위의 팬티는 아니지

아찔하다 혼란스럽게 덧댄 하루

핑,

내년에도 손질해서 신겠다는 노인의 밑창 벌어진 신
발은

아는 자세를 담은 채 놓여 있고

노인에게도 다음 해가 오긴 오겠지

핑,

또 꽃이 피겠지
새들도 물들겠지
붉,

동질의 서
— 지희에게

대낮에 떼어 온 문짝이 설비공사 차량에 실려 있는 밤
좋은 선택들의 나열을 위해

팔레트의 칸과 칸
저 먼 호수 옆 의자 위에서
골라 짜놓은 물감이 굳어가는데
너는 어디로 가서 그리니
옆을 가르쳐준 너

**유리병을 어려워한다는 건 중대한 너를 사랑하는 것과
같아**

　우울은 언제나 우울과 톤이 맞고 큰 화분 안에는 작은
화분이 작은 화분 안에도 크게 이루어질 것이 있다고 믿
는 너는 크기보다 깊어진다

　안락의자를 사 주겠다는 너의 말 속에 앉아 있는 나의
　식사를 살피는 맹렬한 식당은 너의 집
　동생에게 있어서 격에 맞는 언니의 식은 그런 식이 아

니었을 텐데

말도 안 했는데 붉어지는 건 해서는 안 될 말이야

한쪽 다리로 지탱하고
이고 있는
이 하늘의 무게는
내가 언젠가 한번 운 적이 있는 빛깔이다

싹 튼 감자를 보고 있었는데 자라는 싹이 관찰하고 있
었나
얼굴을 종일 따라다니고
나를 매만지던 나의 손으로 나 이후에 너를 펼쳐 보아
야 하는데
철학 교수가 쓰다듬는 거칠고 허연 수염에 손을 대는
아기를 그리는 너
이것이 줄거리라고 말하며
잎이 진 나무에 초록을 입힌다

큰 화폭 안에는 작은 화폭이 작은 화폭 안에는 깊게 그
리게 될 최소의 것이 있다고 믿는 너는 움푹하고 담백한
모양이다

빵집이 문을 열어두는 아침처럼
보지 않아도 알 수 있다
나는
너를

정처 없이

두 손에는 54개 전체에는 206개
매일 뼈의 편지를 이 몸이 받는다

작년에는 그들과 그 사각탁자 앞에 있었고
금년에는 이들과 이 원형탁자 앞에 있고
쓰던 접시만 쓰면서 아껴둔 접시들
왜 그 손은 꼭 이 꽃병에 꽃을 꽂아야 했는지
탁자 위의 꽃병은 그냥 꽃병이고

사방에서 철거되는 정처
아무도 모르게 어떤 날 딱따구리의 혀가 길어져
나무들의 깊은 구멍에서 벌레를 꺼내고

부담스러운 형식 무리한 조건 무모한 결과라는 것은
무엇일까 이건 아닌데 여기까지 와보니 여긴 아닌데 시
간에게 붙들리지 않기로 하면 지울 수 있던 공간의 목적

불빛 아래 쓰러진 눈빛들 허점이 된 울타리 어수선하
게 펼쳐져 있는 밤의 폐허들

고철, 자투리 천, 버려진 끈, 선택할 소재는 남아 있고
정해진 것은 없고
어디든 가려고 걷기 시작하면 쓰라린 것을 싸매는 공기의 흐름
오붓하다

오늘은 이 땅에서 자란 상추를 먹고 여기 놓인 소파에서 자
누구에게 마지막 말을 남기고 몸은 어디로
언제 대추는 붉어졌으며 어느 침대에
맡겼다가 알 수 없이

파란 방울을 달고 오고 있는 것이 있어
── 눈빛을 거둘 필요가 없어 불빛을 임대해주는 가게에서
는 모가지도 슬프지 않아 송별도 유실도 하나의 모퉁이
라는 거야

나무 숟가락은 부러졌고 정원의 나무들은 수척하다

넘어가봤으나 용기보다 확연한 후회

중요한 것들은 변기에 빠져버린 듯

제목만 길어지고 본문은 짧아진다

낯선 감촉이 앞서서 나를 이끌 때

아무것도 개입시키지 않고 내가 내가 되기란 쉽지가
않지

백태 낀 입이 하는 경고 같구나

오르려고 하면 하강했지

걷다가도 먹다가도 가리고 구부리고 쭈그러질 때가 있
는데

일을 마친 늙은 인부의 땀냄새는 변두리가 아니고 중
심이었지

오고 있는 방울 소리

도로 위의 개를 그냥 두고 온 것처럼

지나친 마음은 오래 무거워서

가방이 본연의 목적에 다다르는 세월과 비슷하지

손톱을 깎는 순서를 망설이다가
벚꽃은 가고 장미가 오는 계절로 나를 데리고 옮길 때
넘어가봤더니 후회보다 확연한 용기

파란 방울을 달고 오고 있는 것이 있어

가방에는 실용이
낡은 가방은 소담스럽고
낡고 무거운 가방에는 파란 방울이

도움이 되는 사람이 되고 싶은 사람이 골고루 가득

매달기 직전

소프라노로 울다가 키득거리는 밤이 오면 쪼그라들고 말라버린 젖꼭지 줄어든 범위 작아진 규모 쪼글쪼글 두 개의 손 같은 네 개의 손이었는데

분리하는 연습 후에 격리 다음에는 무엇이 우리가 그린 지도를 물들여가며 차지했던 땅을 지워가게 할까 역습의 물결이 휘몰아칠 텐데

스프링클러가 끄는 불
가면을 쓴 관계의
살수撒水와 소화燒火
불 쪽으로 구르는 이름들
지워지고 씻기는 물의 이름들

땅으로 내려가는 동안에 흙이 덮이는 동안에

피에르: 오늘 뭐 하고 싶어?
이자벨: 함께 동물을 보러 갈까?*

화훼 단지를 다 건너서 행색의 가장 초라하게 사람의
가장 추하게
관상을 위해 재배되다 능수능란하게 숨죽인 이별
죽도록 미울 때 이 사람도 죽을 사람이지 한 번 더 마
음먹으면 덜하다고 했다
그것을 제대로 된 결심이라고 했다

다 해어진 앞치마 아래 감춰둔 나머지 두 개의 손

누군가 부탁받은 누가 부탁한 교살은 타살일까 자살일까
죽였던 피에르를 불러내 오늘도 물어주기를 바란다
오늘 뭐 하고 싶어?
매달기 직전
함께 동물을 보러 가자

보고
오자

* 영화 「폴라 X」(1999)에서.

모국

삭제될 아이가 「반짝반짝 작은 별」을 배우던 새 학기
였다
제외될 집들 근처를 배회하는 걸음들

차라리 열 손가락 깨물지 말아요 아홉 개만 깨물어요
광명을 위해 체념하겠어요 당신이 자수해요 서운한 채로
나갔다 돌아오는 마음에 통 병원은 없고

삐뚤빼뚤 빼로통하다

기울어지거나 흔들리는 모양이거든요

청춘의 바퀴들 제 속도로 굴러가다가 급커브, 알면서
당신은 낭떠러지의 고비를 모른 척했다 알면서도 당신은
충혈된 눈을 못 본 척했다 불신의 요인이 되어가는 당신
들은 항상 발등을 찍고 나는 지금 홀로 커브를 돌고 있는
사람들에 대해 전하고 싶은 겁니다

다친 새의 커다란 날개

거친 퍼덕거림의

끝에서 끝까지

안개가 붕대를 감고 있습니다

힘

그러면 발레 슈즈를 신고 발끝에 모두 신고 짓누르면서
하중을 견디라고만 하는 것 같지

거기까지 가면 뭐가 있어요?
비의 종착 구름의 안착에 대해 들려줘
불안정한 경로에 진입할 때마다 하강하는 것이 하강을
더 위로했지
불을 끄고 누웠는데 불이 켜져 있을 때 나를 제일 믿지
못하는데
나는 죄와 유사한 디자인
손톱이 자라 출생을 할퀼 때 유감의 외관 우뚝 서고

살을 찢어서 살이 부족한 내게 먹였지
말끔하게 피의 흔적을 지우는 개수대
주린 밤의 여자와 구린내

잘못 들어선 새는 부리가 깨져 먹지도 노래하지도 못
하고
주춤거리는 걸음을 신호등이 자꾸 쪼개고

얘야, 뛰지 말고 차는 미리 가서 기다렸다가 타거라
엄마가 옳았다 먼저 나타나야지 쫓기지 말아야지

나는 기둥 뒤에 숨어 기둥만 노래하고 자꾸 상심은 자
꾸,의 반복에 기대는데 자꾸,가 고백하기 전에는 나를 몰
랐는데

자꾸 당신이 불러주는 Rain 치치쉬쉬츠츠우우우칙칙
샤샤
작용하고 있었어 씻기네

자꾸자꾸 당신이 불러주는 Rainbow
방싯방싯 방실방실 알록달록
깜낭깜낭 작용하고 있어

Tone & manner

흉기를 감추고 있는 혀와
반지하로 흘러드는 분비물은 이미 방향을 정했던 것이
었다

오래된 빌라의 층과 층

가난하게 살면
이런 게 골치 아파
서로의 소리를
공유해야 하니까*

장신구와 새를 자랑하던 빌라의 여자들은 소음에 찔려
곤하고
풍류를 지나는 버스

가구들이 습기를 받아들이는 소리인가 나무가 틀어지
는 소리인가
밤의 아우성이 되어가고

노인은 2층에 산다 약을 먹기 위해 밥을 먹는다는 노
인은 2층에 혼자 산다 나는 1층에 산다 일어나는 모든 일
들 속의 미세한 변화를 들키지 않고 살고자 한다 아래층
은 반지하다 거주자가 불분명하다 소녀를 보았다고도 하
고 남자를 보았다고도 한다 나는 혼자이지만 아무도 만
나면 안 된다는 결심으로 극복의 방법에는 남녀가 하나
로 들어 있어야 한다고 말하는 이웃에게 혼자를 들키지
않는다 들키지 않는 나는 자유롭다 약을 먹기 위해 밥을
먹는 노인은 2층에서 먹고 참소리 동호회까지 가려면 멀
었는데 나는 한참 더 먹어야 하는데 나는 1층에서 가끔
먹고 약을 먹는다

　　노인은 2층에 살고 나는 1층에 살고 아래층은 반지
하다
　　반지하에서는 무얼 먹는지 냄새는 새어 나오지 않는다
　　노인이 사는 2층보다
　　소리가 무례하다

　　힐난의 눈빛 부추기는 확성擴聲의 굴곡들에 대하여 할

얘기가 많은
　오래된 빌라의 층과 층

　거주자가 불분명한 아래층은 반지하다
　시끄러운 새가 물어 오는 찢어진 목소리의 조각들 쌓
이고
　반지하의 문이 열리고

　남자와 소녀가 걸어 나와 봄볕 아래 앉는다
　딸은 아비의 손바닥에 손가락 글씨를 쓰고
　듣지 못하는 아비와 수화를 배우지 못한 여덟 살 딸 사
이에
　무성無聲은 번성하고
　소리는 무의미하다

　오래된 소리의 층과 층

　소란스러운 시국도 형국도 결국
　죄에 예의를 갖추는 푸른 수의

빨랫줄마다 펄럭거리고

불필요한 소리는

압사壓死의 기획 단계에서 더 확실하게 결정되었어야

했는데

* 찰스 부코스키의 시 「참호전」에서(『사랑은 지옥에서 온 개』, 황소연
옮김, 민음사, 2016).

극성極盛

끝에서 시작되는 날카로운 예시

오늘은 극성을 따라가보았다 안달하는 친구보다 더 적극적으로 애태우며 아무것도 아닌 자로서 무엇이라도 되어보려는 자로서 오늘은 당신을 추종하는 대신 극성을 따라가보겠다 몇 달 전에 계획했다 이런 것이 극성의 시작이라고 쓰면서

찾으려는 게 무엇인지 버려봐서 다 안다는 듯이 쓰던 머리를 색다른 곳에 쓰고 싶다는 듯이 그럴듯하게 가장하는 구걸인 듯이 가장 끝까지 발이 더 빨라지고 입도 커지고 속도는 보이지도 않았다

가보면 펼쳐질 것이 있다는 것을 아직 믿습니까 중간쯤에 와 있습니까 꽉 찬 바구니는 그때 꽉 찬 것이 아니었습니까 못 한 것이 많아서 자신은 자신을 놓지 않고 우기면서 자신이 다 자신은 아니라는 것도 이해하면서

출혈이 멈추지 않는 이유는 분명히 있는데

터진 혈관을 찾다가 우리는 점점 굳고 말라버려
발을 구르며
세모이거나 네모 또는 별의 뾰족한 끝까지 따라가보
았다

끝에서 시작되는 날카로운 예시

극성에 시달리는 밤이라도
밤이 몹시 지나치게 왕성해질 때까지

어둡기만 하지는 않았다
여기가 끝은 아니었다

알지 모를지

밤에 아기를 재우러 마실 나온 여름의 할머니들
꽃이 피어 있는 장소를 알고 계시죠?

　우리의 증상은 배회
　구령 훈련을 하는 운동장에서 나는
　스스로 재갈을 물고
　하나,에서 벌써 넷,을 준비하는 마음으로
　하나, 둘, 셋, 넷
　내가 더 이상 감수하려 하지 않으면 수습은 어디서 시
작되는가, 웅얼거리죠.

　한 번은 못 박기 위하여 찾아다니는데 찾아다니는 내
게 박고 말겠지만
　독보적인 포효가 몇이나 될까 비슷하게 울지는 않을래
　불완전성을 진찰하는 의사의 청진기는 차갑고
　포근한 이불을 처방하는 알고 있는 이불

　읽고 나면 기억나지 않을 시에게 말을 걸어봐야지 알
지 모를지 알지도 모를지도 모르지만 침묵이 죽음과 가

깝지는 않다고 누가 그랬나 고요에 미끄러진 나였나 어
둠이었나 발의 치수와 보폭을 재며 따라오는 것이 다른
것이기를 바랐는데

　증후군으로 찾아오는 일몰
　잡음으로 이루어진 동굴
　하루뿐인 정원이라고 말하면 알지 모를지

　실수가 도움이 될 때를 안다고 말하면 이렇게 잠깐 박
살 나는 두려움일 줄 몰랐는데 습관을 골라 지우며 어쩌
다 우뚝 서고 싶은 날에 어김없이 내가 무너뜨릴 거야

　알게 모르게 언제나 있지 알지 모를지
　축의금으로 받은 것을 조의금으로 전하면서 다 알지
못하지
　안녕, 샘과 동산 어디든 있지 알지 모를지

흰 강낭콩이라 부르면

왜 나는 쥐도 새도 아닌 것이 떠올라 나는

새도 아니면서 날아다니는 게
복蝠의 복福일까
손가락은 늘어났고
날개가 되었다지

휙,
휙,
휙,

박쥐의 비행은
네가 그린 구름과 관련이 없고
박쥐의 밤은 식사의 시간
열어주는 날개
펼쳐지는 밤

　낮의 너는 너를 의심하지 않아서 밤의 나는 너를 의심
해 네가 너를 의심하지 못해서 밤에 나는 너를 어두운 내

가 대신 의심해 너의 두 마음에 끈기 있게 거꾸로 매달려
피가 쏠려 질려
　왜 나는 검은 것에서 흰 것을 보고 흰 것에 왜 나는 검
을 것을 적용할까 나는

　동굴박쥐와 집박쥐는 사는 곳이 다르지
　동굴박쥐를 따라서 동굴에 가보고 집박쥐의 집을 살피
듯이
　떠돌다 돌아온 밤에도
　흰 강낭콩 흰 강낭콩
　흰 강낭콩이라 부르면
　왜 나는 쥐도 새도 아닌 검은 것이 떠올라 나는

　껍질들은 까지고
　불순물은 걸러지고

　인색한 우울

　하얗다

나(너)는 너(나)와

뱉은 말과 기록된 문장처럼
나는 너와 그랬다

뱀 가죽의 윤기를 보면 알고 싶다 본체
계속되는 연애시를 너의 장르라고 한다면 나는 입을
다물어야지 미끈거리는 것을 모르는 사람처럼 나는 너와
떠오른다 탈의한 계절의 옷들

7일간의 잠을 휴식이라고 한다면 그래, 쉬었다고, 인정
해야지
7일간의 삶을 죽음이라고 한다면 그래, 미수未遂라고,
돌이켜야지

움직이는 네가 있어서 좋아 움직일 수 없었던 시간에
너무 사랑한다는 말이지?
아니야 그냥, 사랑한다는 말이야

눈금을 지우고 하품을 하는 사이처럼
너는 나와 그리고 싶어 했다

그동안 무엇을 먹고 살아왔니 식이가 안타깝고 섭생이
궁금해지고
　나(너)는 너(나)와 정지한 곳에서 너(나)로 시작하겠
다고

　시비조로 들려오는 소리들을 걸러내고

　습기를 만나는 바람,이라고 쓸 거야
　이끼를 만지는 바람,이라고 쓸 수도 있어

　정말 사랑한다는 말이지?
　아니야 계속 사랑하겠다는 말이야

　발음한 나(너)는 너(나)와
　기록된 너(나)는 나(너)와
　시간과 나(너)는 너(나)와

역력歷歷하다

꼬마의 기억 속에서 자라나며 살고 싶어

노고에 대해서 보장되지 않는 현장 그럼에도 불구하고 직면한 것에 대해 입 다물어야 하는 현상

끊길 때라 끊긴 거야

바라보는 곳마다 날마다 부재를 증명하는 눈도장이 찍히고
체념하는 캐릭터는 넘지 못하는 담장에서 시작되었다
역력한 심증

그 벌레는 어디서 온 것일까 어디서부터 기어온 걸까
그 벌레는 언제부터 나의 눈이 훤히 볼 수 있게

회피하는 캐릭터는 넘지 못하는 어둠에서 시작되었다

철천지원수도 제자리에서 북돋고 있었던 것이라고 해
버릴까 금지 이후에 허하노라 풀어주는 사계절 어느 계

절에도 당하지 않은 적이 없었으니 해치는 시간 같이 가
는 것들 모두 중요한 동반자가 된 것 같아 어엿이 반려라
고 해야 하나 인정하면 외로움이 주춤 그리움도 기다림
을 지워갈 수 있을까

꼬마의 시간 속에서 나보다 오래 살고 싶어

이루어지지 않은 사랑에서 노래가 시작되고 소음 속에
서 영문도 모른 채 대낮에 죽은 아이들
발목에 사슬을 차고 끌려가는 저녁의 슬픈 기색

수긍하는 캐릭터는 순응하는 게 역력하다
호응하는 캐릭터는 기다리는 게 역력하다

멀리 떨어져서 말을 걸었는데
먼저 가 있는 할머니가 마중 나와 부르신다

아가, 오고 있냐?

아니다風으로

생각해보면 팔, 다리, 손가락, 발가락, 입술, 눈썹,
너도 내게 닿으면 아니다 교접으로도 주인이 아니고
목이 없는 주어가 철심을 박고 쇳소리를 내던
칠드런 허스키 보이스 쉰 밤이 새도록 차가운 공명
도리도리 아이의 손은 내 손가락을 감아쥐고 있다
죽은 자가 드러누운 유리관 한쪽 구석에서 자라고 있
는 아이
예를 들면 그 아이는 바람 빠진 공을 차며 뛰어오는
순간으로 여겨지곤 했다

몸을 뒤척일 때마다 멍이 드는 것은 아니죠
닿기까지 힘에 겨운 작은 평발을 갖고 있어요
비가 오는 날에는 나가게 되지 않아요 만나지 않는 것
이 최선이라고 대답했지요
이불에게는 기대하지 않아요 수긍하지 않으면 안녕이
니까
시큰둥하게,와 무기력하게,는 분명하게 구분해주세요
나는 도리도리 아이를 지니고 있어요

노란 장화를 신고 빗물 펌프장을 지나다 갑자기 비를 만난 것은 아니다 물을 부어버리는 순간

내부를 갖지 않은 것은 밖이 아니다,라고 낙서를 하고 말았다

지금도 아픈 것은 아니다

사랑의 전사들이 말놀이를 하다 한숨을 쉬다 담배 개수를 세고 있는 것은 아무것도 아니다

남자가 아니다 여자도 아니다

씨앗에 눈물이 뿌려질 때

건강한 소화기관이 아니다

똥을 싸고도 반성하지 않는 것은 아니다

적을 모른 척하고 시간이 달만 겨냥하고 있는 것은 아니다

지난 후에야 텅 빈 것은 안이다,라고 말할 수 있는 것도 나는 아니다 아니어야 한다 나는 아직 모른다

파랑에서 내려 원래의 깊은 파랑

갖가지 아픈 것들을 데려다가 여자를 노래하는 일
차가운 금테를 두른 허밍 같아
열 손가락에 반지를 끼고 도는 유세遊說 같아
허탈한 bling bling

1. 몸을 숙인
2. 늙은 여자의
3. 뒷모습
세 가지 중에서 하나가 의아해질 때가 있어
접히는 주름들
공기의 핵
몽환이 만져준다

목욕탕에서 안부를 묻는 여자들은 소녀 처녀 아줌마
할머니
어머니?
웃는 얼굴로 물으면 웃는 얼굴로 답한다

(   )번째 우산을 마련해주는 사람을 기대하고 그대로

다 젖어서 길을 따라가는 여자 파랑을 믿으면서

　물고기를 잡는 사람이 있으면 기르는 사람도 있었고
개와 사는 사람이 있으면 먹는 사람도 있었고 여자도 알
고는 있지 사람이라 다르다는 걸

　정차와 하차
　빗물이 만든 파랑의 웅덩이
　여자가 장화를 벗고 첨벙거리면 소녀의 발에 깊이 박
히는 유리 조각

　아픈 사람에게 아프지 말라고 한 네가 잘못인 것처럼
　없는 사람에게 많이 먹으라고 한 내가 잘못인 것처럼
　여자는 노래 부른다 Original deep blue

　상황의 가장 하부에서 시큼해지다가 어렵게 세워지는
입장
　옹골진 기폭제

　파랑에서 내려 원래의 깊은 파랑

여자는 노래 부른다 Original deep blue bling bling

III

뼈가 있으니 살이 있으니

거울이 있으면 거울을 본다
길이 있는데 걷지 않았던, 때를 지나서
창이 있는데 열지 않았던, 막을 넘어서

밥이 있으면 밥을 먹는다
사람이 있으면 훗날의 구더기를 예상하면서
허기를 비축하면서

밤이 있으면 밤을 들이받는다
눈 감고 귀 막은 사람 속의 금 간 거울을 보고 서 있는
지금의 사람을 본다
　밤 감고 밤 막은 건너편 낮으로 당도해 조각나고 있는 몸
　암바를 걸기만 하면 걸리고 버티고 있으면 넓어지기만
하는 포기의 범위
　기술을 익히면 기술이 있고 있으면 의해 응용되고 끝
까지 적용된다 있으면 익고 익히면 있고
　해가 있으면 있는 아이를 어스름의 발등에 아이의 양
발을 얹어 하루치씩 밀고 데리고 가고

뼈가 있으니 살이 감싸고 있고

어느 유정란이 이전에 무無를 품어보지 않았겠는가

병원이 있으면 병원에 간다
예약하지 않아도 살고 있으니 진료는 진행되고
뼈가 있으니 살이 있으니
내가 기다리던 곳이 있으니 네가 치료하던 때가 있
으니
농이 차는 살을 정리하고 만날 수 있는 약간의 시간과
허튼 공간이 있다면
몇 등급의 밝기냐고 묻기 전에 우리는 담백해지고

사람이 있으면 이전 사람은 떠난다
없는 사람이 되어 있는
소리가 있고

빈민촌의 마른 개들
살을 벗고 고딕체로 굳어가고

먼 길을 이동하며 백여 종種의 씨앗을 퍼뜨리는 코끼
리들이 이 길로 오고 있는데
충충이 퇴적되어
없는 사람들이 있고
시대마다 뼈가 있으니 살이 있으니

돋움으로 괴면서 끌어 올리고 있다

A day in the life*

집에 없는 것처럼
숨죽여 살면
비누도 딱딱
그릇도 담지 않고
갇힌 것도 아닌데
가둔 것도 아닌데
관리하는 것의
소리가 압도적인 날이 있다

없어진 나는
소란의 주범이었다고
뜨겁게 애태우고 있던 것에 치우친
고장 난 견본이라고

사람의 시간으로 개와 산 게 잘못이야 다 내 잘못이야
개를 보내고 개의 시간으로 산다 데리고

5월의 장미가 거느리고
10월의 단풍이 거느리고

풍기고

사람의 말이니까

맞는 말도 있고 틀린 말도 있고

없을 때는 태양과 달의 대용을 구하면서

빛의 필요에 따라 이동하면서

없어진 것이라 보였던 것은 없어진 것이 아니라 여기
에 있다

* 비틀즈의 노래. 곡의 끝에 15초의 침묵이 흐른다. 그것은 개들의 들
을 권리를 위해 개들만 들을 수 있는 20헤르츠 이하의 낮은 소리, 또는
1만 5천 헤르츠 이상의 높은 음으로 이루어진 구간. 개들만 들을 수 있
는 소리를 듣는 사람이 있는지 시험 삼아 넣어보았다고 한다.

곤욕의 감정사는 정 氏를 안다

이번에는 정 씨 주위에서 검은 망토가 피운다 지피다
보면 피우네
　몸에 안 좋은 것만 먹이고
　그나마 자기 좋은 잠자리를 찾는다

　안녕, 초로初老를 향해가는 어린이들 몇 번씩 죽으며
전진하고
　터진 손가락으로 수신호를 보내는 아침이지만 정 씨는
알아듣지 못하고
　섞으라고 섞이라고만 했다
　수치羞恥의 진가를 가늠하라고 했다
　구두에 묻은 새똥을 지우면서
　아무도 없이 아무것도 없이 반드시 되겠다고

　단념은 빨랐다

　웃자란 그늘을 재우는 잠을 약으로 삼고 잠드는 날이
많은 정 씨는
　호기심이 많고 겁이 없는 아델리펭귄을 좋아하며

비대칭인 것에 홀리면 오래 매만지곤 한다

사랑은 사랑이 아닌 것으로 취급당하는 혈토血吐였다

애인은 유령이라서 싫다고 더는 애인이기를 거부하는
구나

(유령)신부나 (없는)신랑까지 더 가볼 수도 없었겠
구나

보아하니 바라던 것은 사라지려고 하는 애인 사라지는
애인 사라진 애인이었더구나

흔들리는 자기 방의 모빌이었구나

부재의 불능과 상실의 실패를 겪으며

산다살아있다살아남았다

더러우니까 버리는 것 아끼려고 놓는 것 목숨이 아니
기를

땡볕 아래 앉아

남은 완두콩 두 봉지를 팔아야 하는 8월의 할머니처럼
기다려야 한다면서

이정표와 욕망이 되살리기도 한다면서

정 씨는 돋아나는 내일 모레 글피의 반 글피의 반의 반
의 반에서 주눅이 든 눈빛으로 딛고 서 있거나 헛딛고 뒹
굴었다 달의 그림을 깨진 항아리마다 덧대어 보기 좋게
노랗고 죽음은 미리 봉분을 만들고 관은 비어 있고 날카
로운 악수를 불편한 화해로 숨기고 겨울의 한가운데 오
래된 여름의 완전한 결말 그처럼 더뎠다 북 치는 사람이
정 씨 주위를 떠나지 않고 둥둥 북소리를 내고 서리 속에
서 더할 나위 없이 새로운 아침이었으나

이렇게 살면 안 되겠어, 정 씨가 입을 열었는데
본심을 알 수 없었다
다르게 살겠다는 건지 살면 안 되겠다는 건지

오래 본다고 다 안다면 말 다했지만
곤욕의 감정사가 보는 정 씨는 정 씨 자체로 총체적으로
곤욕이었다

곁

군살 없이 호리호리한 육성으로 부른다
아무도 없는데

수집하는 까치가
노인이 모아놓은 단추를
차례차례 모두 물어 가고

,스러운 것들에게 실없는 것이라고 해도 밀착하려는
것이 늘어나고 더없이 화려하고 총천연색이라고 부풀리
며 커지는 위안,스러운 물풍선들 터지는 소리 들린다
    곁이라는 듯 착, 살을 붙이고 모르는 혹이 자라나고 있
는데 모른다

    그는 1989년에 죽은 사람 그의 산 사람의 나이를 따지
며 나는 사네
    무릎을 감추고 굴곡의 골목 초입으로 들어서는
    은자隱者 여덟은 익히 7을 기반으로 하네 일곱은 사라
졌으나

갖가지 사정으로 도안에 수를 놓는다
빈 곳 전부를 채우는 자수법으로
홈쇼핑에서 철제 금고를 파는 저 여자의 벌어진 모든
틈을 새틴스티치로
꽃과 나무의 잎사귀는 가장 가는 실로 그려질 것이다

오래된 서점에 가야 하는데 못 읽은 답을 찾아야 하는데
은자의 아홉은 1이 모자라는 결핍에 매달려서
애월崖月을 종일 읊고 벼랑은 벼랑이고 달은 달이고
낳으려는 혼자는 혼자의 벼랑에 걸린 막달이다
위험을 모르니까 위험을 휘두르는가
그는 떨어진 십자가에 맞아 죽은 사람 그가 믿었던 십
자가 앞에 나는 서네

베개 솜을 사 들고 자취방으로 돌아가는 회사원 K 씨
그 밤이 악착같이 그를 품에 안기를

팔려 간 낙타가 백 킬로미터를 걸어서 다시 주인 곁으
로 왔다는 오늘의 소식

산은 흔적이고 누구와도 가깝지 않은 잘 못 걷는 화난
사람은 끝난 사랑과 하고

자연을 선물하는 청년 농부들은 아침의 밭에서 시작
해서
내년의 씨앗 속으로 기울고 있다

곁

모르는 사람 중에 있을 것이다

체리의 성장 묘사

    체리 앞에서는 과정의 시작도 아니라고 하고 끝도 뒤
도 아니고 규모의 확대나 세력의 강조도 아니라고 하며
    자라나는 것은 계속 줄어드는 것을 알고 싶어 했고 줄
어드는 것은 그래서 작았다 작아졌다 시간 안에 옮겨질
것이다

    체리의 그림을 체리의 측근이 세세히 그려도 지금 그
곁의 체리는 보이지 않을 것이지만 반드시 자정 안에는
그려진다 여기 체리가 있긴 있으므로 오늘 체리에 의하
면 체리라서 체리가 그림의 모양이다

    이런 날씨는 새 학기 같잖아 새 노트의 첫 장에 쓰는
것처럼 원시가 펼쳐진다면 최초의 호수를 데리러 가는
것들의 대 이동 눈 뜬 첫날의 개구리처럼

    안의 여자와 밖의 여자를 두고 찾으러 다니는 수수께
끼 풀리는 소녀와 도망치는 소녀 둘 다 감추는 동화에는
소녀의 성장도 여자의 묘사도 없었으니 훗날 흑연으로
덮어놓을 것으로 체리, 그저 오늘 붉다 하니 붉게 베껴지

는 체리

풀지 않아야 풀리는 경이로운 기적으로 사람은 굳건
하게 있었고

머뭇거리는 동작 이전을 기억해보자 체리, 사람을 때
려죽이고 잔돈을 던져준 사람은 누구였지? 쉽지 않은 상
대들 눕지 않는 나무들 처음 그린 나무 아래서 체리 가누
지 못하고 몸져누웠던 짓눌리고 터진 체리로 체리를 세
워보는

둘이 사랑하는 건 지금 있는 하나와 지금 없는 하나
가 몇 세기를 지나야 알게 되는 것이라고 말한 건 누구였
지? 기원전BC과 기원후AD를 섞고 모르게 지나가는구
나 섞고 알게 되는구나 몸은 만질 때 아닌 것과 섞이리라
믿으나 내 몸은 내가 만질 때 다스려진다

쇼윈도를 보고 서 있는 체리, 비도 내리지 않고 별도
없는데 용도도 목적도 지우며 체리 앞에 지속적으로 진
열되는 어둠, 들고 있는 것은 우산인지 양산인지 밤의 사

본을 위해 필사하는 여기로 전래되는 체리의 검은 것, 보태어지는구나 체리, 이것은 창살의 묘사를 옮겨놓고자 하는 것도 아니고 개방의 그림도 아니고 색감의 전달도 아니라고 하며 과거가 될 오늘이지만 날마다 오늘을 가장 좋았던 과거처럼

내 순서에 내가 가지 못하게 되었을 때처럼
체리, 그건 그날의 그 사람의 최초의 방문인지 늘 오던 것이 처음 오는 얼굴로 나타난 것인지 알 수 없지만
절규를 보면 백인인지 흑인인지 알 수 없이 표정이 안색을 앞지를 때처럼 처음으로 본적을 찾는 체리,

모母의 장부에 누락된 적을 알 길이 없어
가상의 적 근처에서 기다리고 뒷골목에서 날카로운 비명을 미리 쥐고 헤매는
검붉은 체리, 체리를 제대로 만나면 단 한 번에 숨을 틀어쥐려는 체리

부父는 체리의 탄생 이전에 있고,

체리는 체리가 되어가며 그려지고 있고
그려지는 체리는 체리의 생활의 방식
체리는 체리라서 무럭무럭 자라나고
터뜨리는 체리는 체리의 습관의 형태
체리는 성장한다 시간 안에 옮겨질 것이다

Ghost note*

열쇠공들의 단합으로 겨울은 열리지 않고 굳게 잠기
는데
시베리아에 녹색 눈이 내린 날이 있고
어디쯤 석탄 공장이 있는 곳에 검은 눈이 내리고
공백을 메우는 소리들

사람이 나오는 화면을 보고 있는 사람의 하루의 절반
소리 죽인다
사람은 그려지고 사람은 찍히고
사람의 그림과 사진을 찾아보는 사람의 한 달의 절반
소리 되짚고

다른 각도에서 보면 다른 얼굴이 되는 얼굴의 목소리
여름이면 태풍의 이름을 짓기 위해 태풍위원회 회원
국들은 모이고
먼 나라에서는 외로움 장관長官이 임명되고
이 나라에서는 외로움이 장관壯觀이구나
허위로 남은 발가락들 있지도 않았으면서
묻어둔 길의 구근球根 건지도 않았으므로

사람이 싫다는 사람을 소리 없이 좋아해보려는 사람
이 되려고 한다고
　자리를 짜는 소리들

　입을 다물면 언제 닿았었는지 설탕이 닿았던 자리가
시큰하고
　지레 숨을 죽이고
　아무도 소리 내지 않는데
　듣고 있다

　귀가 오랫동안 태어나고 있다

* 관악기에서 실제로는 연주하지 않지만 마치 연주하듯이 소리가 들
려오는 음.

보이지 않는 氏

자줏빛 악몽으로 시제가 뭉쳐지는 곳으로
氏가 걷고 있다
그 무렵으로 보인다

신체의 비밀은 달걀 한 개 안에도 꽉 들어차 있고
있다고 치면 읽을 수 있다
들리는 소리
엉망이 된 메트로놈에 맞춰서
氏가 걷고 있다
그 기분으로 보인다

시무룩한 걸음으로 강가를 서성이기도 하지만
운동화를 구겨 신고 계속 걷고는 있다

한 사람의 꿈이 한 사람의 꿈에 지워질 때
   사람의 꿈이   사람의 꿈에 뭉개질 때
양보하는 것은 꿈꾸던 시간의 무늬까지다

수줍어? 붉어진 자매와 억울해? 매를 맞은 여러 아

내가 바라보는 것들에 둘러싸여 속살이 굳은살이 될 때
까지
　氏가 걷고 있다
　그 상태로 보인다

　수면이 감싸 안고 있는 지평
　氏를 생각하면 아직 울 수 있다
　나의 그 무렵으로 보인다
　공격과 방어는 대상이 있을 때 취하는 포즈인데
　불을 밝힌 자 누구인가
　촛농은 떨어지는데 보이지 않는다
　氏가 걷고 있다

　氏가 자주 찾는 마을의 강에서 낚싯바늘이 빨간 댕기
하나를 끌어 올렸다는 소식이 들려오는데

　아직 진로를 결정하지 못한 아이처럼
　노인이 살고 있다

Gloomy september 民, 國

이러한 9월도 있었다

하다 지려고 한다 진다 떨구지 않으려다 떨어진다

굳이 심각할 필요가 있나 하다가도 굳게 충돌한다 궂은 충동이다

배설기관이 막힐 때까지 주입기관이 흡입을 다할 때까지

처먹고 싸지는 못하고 막혔는데 트지는 못하는 사람의 손가락에 바늘을 댄다

삭망 뒤에 발견이 되는데

천지로 핏물이 튀는데

배와 등이 붙은 듯 배배 꼬이고 비틀어져

사람이 사람인지

동일인인지 먼저 살피게 하는 시간

단풍과는 먼 백색의 9월이다

평평한 한 평에 엎드려 기어가는 아기들이 운다

140

은쟁반 앞에 앉아 한창 떠먹고 있는 사람이 웃는다

소매가 떨어져 나간 것처럼 팔은

암홀 안에서 사연이 달라져 더는 껴안지 않는다

사슬을 끼운 발목은 고급 양복 바짓단에 잘 감춰져
있고

평이하게 걷는 것처럼 보이는 그의 입장에서는 들어
올리는 중이다

어둑어둑해지는데 냇가에는 아낙네들이 모여 앉아 겨
울에 해야 할 빨래를 지금부터 하고 있는데

회전문 안에 벗겨진 한쪽 신발 때문은 아닌데

한쪽마저 벗고 맨발로 걷는

계보系譜와는 먼 백색의 9월이다

그랑 유랑流浪

엄마는 다 알아

네 안에는 힘이 있어 네가 진심을 다해서 무언가를 바
란다면 네 안의 힘이 그걸 이뤄내는 거야*
있잖아, 안에 아기도 있고 아는 아기도 다 알아 더 알아

글로벌의 언어로 말들의 탈출이 시작되었고
새들은 벌써 알록달록,을 덮고 불타 죽고
남은 사람들이 나귀를 타고 가는데
나귀와 나의 목에 두 갈래의 목줄이 걸려 있고
집시 가족의 일원은 목줄을 잡고 간다 유랑의 기원 쪽
으로
허허벌판 사람들은 마귀를 타려 하는데
아껴둔 곰보빵 봉지를 까도 까도 빵도 햇빛 아래서도
젖어 눅눅하구나

꽃의 서사가 빈틈없이 끼어드는 이 기후는
상록수인지 침엽수인지 나무와 긴밀하게 연결되어
있고

아빠는 다 알아

가장이 넘나드는 구름이 있고
우리는 그 어깨를 모르고
그렁그렁 있잖아 아이도 있고 아이도 다 알아 알면 다
쳐 더 아파

물리치려고 살고 있는 거지? 엄마도 다 알고는 낳는
거지?

파랑의 해역에서는
한순간 열어주는
그렁그렁 그랑의 유랑 유랑의 그랑 그랑 유랑

* 영화 「델마」(2017)에서.

향상向上과 항상恒常과

바람개비를 들고 뛰는 할머니
감정의 동요 없이
동요처럼 싱그러울 수 있다면
샹그릴라

애먼 짓들을 지나 상심한 오십대가 되어야지
아니꼬워 아니꼬워 많이 다친 쉰 살이 되어야지
허무맹랑도 다 지나쳐야지

걷기는 걷는데 통렬히 파국
오늘은 더 모르겠으니
달력의 모든 날들이
이유가 되고 안 되고
        되든 안 되는

그 여자랑 했던 것을 나랑 하고 있어요?
그 사람과 하지 못했던 것을 나랑 하려고 해요?
본 적 없는 얼굴인 듯 안색을 달리해야지

볼수록 시력은 약해지고 갈수록 초점이 흐려지지만 주목해야지 눈을 비비고 나니 생각이 하는지 소녀의 얼굴이 샤랄라 소녀가 하는지 그녀의 얼굴도 샤랄라 희뿌연 것을 오래 비비고 나니, 나니? 나는 더 나로 향하며 어제보다 오늘보다 항상은 중간에 있고 중심의 나는 언제나 나의 중심과 샤랄라

오뚝이

얼굴을 따라서
좌우로 기우뚱
왼쪽으로 기울 때는 오른쪽을 더 보고
오른쪽으로 기울 때는 왼쪽을 더 보고
알게 되었지

승자: 너는 고개를 그쪽으로 하면 안 된단다!
    그러면 더 무거워져
    고개를 이쪽으로 해야 돼! 이렇게 해봐 *

뒤뚱, 기우뚱,
불완전한 것이라고
안정감을 위하여
새로운 동작을 찾아봐야 한다고 했지만
좌로, 꺾이고,
우로, 쓰러지고,
굽히고, 삼키는 사람의
얼굴이 나 같아서 더 잘 보이는데
불안의 보고서

결말로서의 그 마지막 행은 끝이 아니었다고

뒤뚱, 기우뚱,
나는 그게 허리를 펴고 의자에 앉은 것처럼
자세도 혼란도 치우친 것들도 정돈되는
자리에 대해 말하는 걸로 보여서

한참 동안 뒤뚱 뒤뚱, 기우뚱 기우뚱,
보람을 훌쩍 뛰어넘고
의미의 담장을 부드럽게 타 넘으려고 하는 것들이 생
기는 것 같아서

높은 음들이 달래야만 하는 슬픈 오후라도
뒤뚱, 기우뚱,

동쪽을 바라보며 서쪽을 미리 더듬어 우는 것처럼
뒤뚱, 기우뚱,

왼쪽으로 기울다가

오른쪽으로 기울다가

더 알게 되겠지

많이 운다고 진 건 아니죠?

* 20년 전 최승자 시인이 나의 기우뚱한 고개를 볼 때마다 이정표처럼 전한 그 방향. 그쪽이 도무지 기억나지 않는다. 어느 쪽이었을까. 왼쪽일까, 오른쪽일까. 생각에 잠길 때마다 나의 고개는 어느 쪽으로 더 자주 기우는가. ( )쪽으로 기우는 것을 보면 아마도 그때 내게 제시한 그 방향은 ( )쪽이었을까.

왕왕

날 보고 비웃고 나도 비웃어주고

내가 병신이라고 하면 나는 육갑한다고 말하고 그러
는 동안 되돌아왔다 나는

*오리무중 Cold case 내가 날 보고 가고 내가 그만 가주
고 내가 지워지는 꿈속으로만 쫓아오는 misery인 내가 날
마다 사건이었다 잘 감춰지는 수만 갈래의 꼬리*

그리고 어느 밤의 반쪽의 회복

뚜껑들의 보호로 지나온 날이 있다

어둠과 해가 없는다

없는 것들이 없어서 만든 뚜껑

최 씨에 의하면 김 씨는 마음씨의 날씨에 대해 집중하
는 사람이라고 하는데

한여름의 하중을 견디지 못했나 툭, 초록의 대추가 잘
못 떨어지는 소리를 깨어서 들었던 나는 앞선 가을의 당
신 뒤에 서 있는 나는 왕왕 최 씨도 김 씨도 보내고 누구
라도 동시에 지운다

마차를 타고 온 것은 이따금 갈 곳 없는 것을 싣고 가고 나는 간혹 닳는다 숨으려는 것들이 찾으려는 것들에게 시치미를 떼는 동안 철저하게 막힌다 가려준다 내가

동떨어져 살고 있다는 것은 아주 다른 것일까
실감하는 이웃의 사람이 있고
동요動搖의 행방은 어디인가 왕왕 사라진 것은 왕왕 사라지고 있고
김 씨에 의하면 나는 매일의 날씨 이전에 겪는 오래된 날씨라고 하는데
똑같이 반복되지 않을 내가
날 보고 웃고 나도 웃어주고
내가 백치라고 하면 나는 흰자위가 드러나고 아는 것도 없이 지워지고

그러나 아기에게도 노인에게도 시작되는 게 있다는 걸 알아야겠지 시작하려면 이것을 유념해야 한다는 편지를 두고 가는 집배원 아저씨 고맙습니다

저 여자는 아기를 거꾸로 낳으려고 하는데
왕왕 아이는 발 딛기 이전에 어디에 다녀왔을까

갖고 있지 않았는데 빼앗긴 것이 있다거나
갖고 있는 줄 몰랐는데 빼앗긴 것이 많다고
왕왕 저 아기는 몇 번 태어나고 있는 걸까

름다운,

둥글게

　　　　　　　둥글래

　　　　둘레

만드는

　　　　　　균형

　　　　　　　　답다

같다

　　　　　　안을래 급하지 않은 전개

둘레가 한 아름을 넘으면

　　　　　　　　　　아름드리

　　　　　　　드릴게요

　　　　모아서 가득

　　　　　　　　　다운,

　　　　　　　　　　　　아름

상냥하던 네가 돌연 침묵하는 이유처럼

　　　　　　　　　　　　　　　　　한 아름

답게　　　　　　　　　　　름다운,

　　　　　갈색의 황색의 백색의 흑색의 아기들이

꿈꾸던 아기랑 안 자는 아기랑 다르다고 해도

　　　　　　　　　　　　　　엄마들의

　　어르면서　　　　아우르며　　　안아주는

　　　　　　　　　　　　　　름다운,

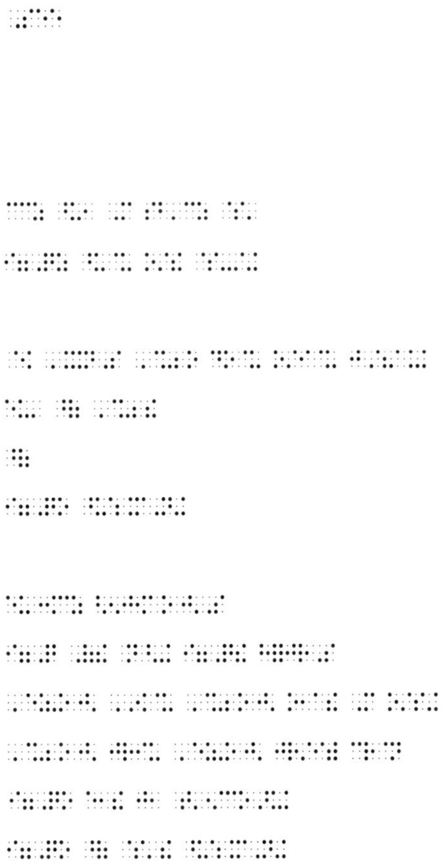

See

나는 볼 수 없는 것
당신은 보고 있을 거예요

그쪽에서 꽃이 피고 있다고 하셨죠
못 본 꽃을
본
당신이 보여주세요

모르는 암흑이라서
당신 손을 잡아요 당신을 통해서
끝이라 쓰고 꽃이라 읽을 수 있어요
꽃이라 해도 끝이라 했던 내게
당신이 말을 할 차례니까요
당신이 본 것을 보여주세요

밑

요사스러운 적대가

혹독한 밑을 기웃거리고

몽환의 몽夢과 환幻을 넓게 벌려놓는다

따로 가장 현실적으로 극대화하며 비현실적으로도

집이 있으면 동거를 시작했을 안개와 물과 아이와 불

과 죽은 아이와

보다 뻔뻔하게 살았으면 세상은 수월했을 판

졸렬의 끝에서 지폐를 세는 바람의 손가락들

말들의 싸움으로 베티는 빨리 죽었다

베리 머치 영광의 베티

세밑에서 출발하는 반대의 족足, 빈 운동화

밑을 처리하고 담당하는 어두운 재능들에게

가죽 가방에서 쏟아지는 것은 아무것도 없었는데

담긴 모양이었다 휘파람을 불면서 딴청을 피웠지만

밑에서 자랐다

선호하던 높은음자리 피리

다섯 가지 목소리 비파

대나무의 소리 대금의 공空

노이즈를 감싸 안는 구멍이 있었다

판에서 나무가 자란다 나무는 소리를 알고 나무를 쓴 소리들 나무 아래서 나무보다 큰 소리로 울고 굳건해져서 돌아가는 사람도 모두 가라앉은 빨강에서부터 충혈을 혼자서 몰고 거기까지 간 것들이었다

점차 판판하게 넓게 변모하는 소리들을

그 밑에서 보았다

고래는 죽기 전에 해변으로 올라왔다 균열하지 않는 상처의 중첩이라는 포즈로 누워서

벌어진 소리의 피부의 거친 호흡

검은 칠을 더한 밤의 면을

긁는 것 같았다

직면하는 은신隱身

빨강도 시퍼렇다
변색되는 바나나처럼 조급하다

난 안 붉었는데
난 안 들켰는데
웃자고 하는 얘기를 정색을 하며 받으면
중대한 사건을 직면한 느낌이야

쫓기면서 어제 우리 심장 근처까지는 갔는가

사랑한다면 뒤를 밟는 게 아냐 그건 알 만한 나이잖아*
　입에서 항문까지 이해하는 사이가 되면 사랑을 시작
할게
　청유형으로 말하는 사람
　미래의 자원이라고 말해주는 직접적인 당신을 사랑할
거야
　흰 수염이 나는 그때 접하면서

당하고 나면 미움으로 오래 버틸 수는 있겠지만

여러 장소에서 여러 사람들에 의해 잘못이 되어가는 나를 마주한다 잘못돼도 한참 잘못된 나를 장소를 바꿔가며
　난 안 불렀는데도 눈물에게 진짜 슬픔은
　난 안 들켰는데도 슬픔에게 진짜 눈물도

　알았어 거기 있어
　화원과 전화국을 지나 역과 시장
　기억나지 않는 결말들 속에

　마음이 아플 때 어떻게 하냐고 봄에 묻는다
　밀서를 전하는 소년아
　담장에 묻은 꽃물에 대해 말해줘

　시작할 때 아닌 건 끝날 때까지 아니고 오늘은 그럼 안 되는 요일이었나 봐 헤어지면 헤어질수록 숨기면 숨길수록 기쁠 때는 무슨 일이 생긴 걸까
　이빨의 표정이 보일 때는 우선적으로 얼굴을 가려야 할 때

그림자를 다 알고 있는
자정의 안구
끔뻑거리고

알았어 잊지 않고 보고 있을게
거기에 잘 숨어 있어
,라고 시인은 썼다
벌을 조심해 각별하다 시의 대기
닳고 닳은 1월의 계획을 신고 12월의 빈 공책 속으로
걷는 시인은

수습되는 시신들 수레에 실려 가는 시인들 죽은 문장
이 일리가 있다고 할 때마다 너는나일리 없고 나는너일
리 없으니 서로의 일리로 타협하지 않기로
달이 뜨는 밤에 해가 진 것을 인정했다 매일의 내일은
과거의 오늘을 지나며
내통한 한 마리 새가 전생을 관통한다
,라고 더 깊이 숨을 자리를 찾으며 시인은 여기까지만

썼다

* 영화 「피아니스트」(2002)에서.

Or

루마니아 가축 화물선이 침몰했다는 소식
양 1만 4천6백 마리가 익사했다 살아 있는 32마리와
선원 21명은 전원 구조되었다
양을 세다 잠들었던 11월의 하루였다

또는

모르는 것을 알 수는 없습니다*

정류장 벤치에 비둘기 한 마리가 내려앉았다
거친 나무를 깎아 만든 지팡이를 쥐고 앉아 있는 노인
의 옆이었다
보이지 않는 끈끈이에 덩달아 따라붙는 시선들
비둘기가 사방을 포섭하는구나
다친 몸이

버스 지나가고 지나가고 비둘기는 한쪽 발을 들고 서
있고
망설이다가 딛는 발에 발가락은 없고 이동하지 못

하며
눈들의 목적이 분명해져서 싸매기 시작하는데
돌연 형체가 끌어들인다는 것에 눈뜨게 하는 장면이
었다
너무 굵은 듯 비닐봉지를 연신 쪼고 있는

이런 날 통증 앞에서
미화된 꽃 이름 나열 금지 미슐랭 메뉴판 읊기 금지
허기진 아이들이 뛰노는 나라에서
마른 동물들의 가죽이 뼈를 전시할 때
참았던 밀봉의 악담을 밀고의 필담으로 한 페이지쯤
휘갈겨 쓰고자 하는
닫힌 몸이

열고 말을 하려고 한다
또는
제일 천박해질 때까지
오래 꿈을 꿀 것이다

밖의 짐승의 추위에 대해서
또는
각자의 신열에 대해서

발가락이 잘린 새의 발을 보면서
한 번은 이런 생각을 할 수도 있다
변형과 합성은 하나의 기조에서 시작되어야 한다
변하지 않을 원래의 중심
일관적이거나 기본적인 피의 주조음
다른 모양으로도 걷고 이루게 할 것이다

또는
살지 않으려는 사람들

슈 트리가 구두 속에서 가죽을 받치며 형태를 유지하
고 있는데
다부진 몸으로 덮치는 빈틈없이 튼실한 위협
그 성실에 기가 질려서
그만

164

또는

더 얼마든지

그래서 그럴 수 있다고 더 힘을 주어 세우는

또는,의 다른 각도

* 영화「예감은 틀리지 않는다」(2017)에서.

집

아픈 개에게 피를 나누는 개
몸무게 25킬로그램 이상 2세부터 8세
혈액형이 맞는 건강한 개는 한번에 3백 밀리리터를 제공
할 수 있다

개가 짖고 오늘 밤의 마음은 이 마을에 없고
안사람 바깥사람 아무도 없고
여자의
안채는 내부 지향적이고 바깥채는 접객용 사랑채라는
집에서
소녀는
좋게 하려고 청소를 한다
개는 사라지고 털 뭉치는 나오고 위생을 위해서가 아
니라 소녀는 왜인지 모를 청소를 위해 청소를 한다 그리
고 모르는 개를 만난다

시금치를 먹은 아침에 한 남자가 약속은 땅과 하는 것
이라 했고
남자는

뒤에 관해서만 말하는 소년을 만나다 보면 전력 질주
하는 소년에게 바통을 미리 넘겨줬다는 걸 알게 된다고
말한다
　계란프라이의 테두리를 질기게 만드는 골똘한 무게
　생각이 화근이었다고

　뭉개진 형체로부터 시작되는 착란이 한가운데

　임시 울타리 안에서
　할 수 있는 것이 못 하는 것을 열어준다면
　생활에서만 가능해질 율동이 있는데
　남자도 여자도 결혼의 예식은 장면으로만 감상하고자
했으며

　하루살이가 죽는 이유는 입이 없어서 굶어 죽는 거래
　그러나 한적함이 좋아서 혼자 죽은 사람들
　그리고 Green hill 저 푸른 초원 위에 오늘의 7월이 겹
주름을 펼치고 있고
　이름을 잊은 겨울의 가로수 위에 덤으로 얹어주는 눈

알들 어느 밤에도 감는 법이 없고

   '참으로 진지한 철학적 문제는 오직 하나뿐이다 그것은 바로 자살이다'* 유일한 철학적 질문은 자살이라고 카뮈가 그랬다고? 배우가 눈을 깜빡이며 입을 여는데

   스스로 모가지를 꺾는 주체들이여
   흥건하게 흘러넘치는 분노여 혈의 과잉이여
   덜기 위해 빈 몸을 찾는 이여
   인간의 구역에서 어떤 정사는 죽은 뒤에야 가능해지고
   관은 격렬하게 흔들리는구나

   처음이라면
   조금 흔들면 될 것을 전체를 흔들어야 돼
                            흔들어도 안 돼

   너무 오래 짊어지고 가다 보면
   거듭되는 의지도 메고 가는 잡담이 되었다
   짓누르는 것이 점유하려고 할 때마다

쉽게 적응하는 물체가 되었다

* 알베르 카뮈의 「시지프 신화」에서(『시지프 신화』, 김화영 옮김, 민음사, 2016).

멍

첼로 연주와

내장이 쏟아진

길 위의 새

덮어주는

꽃잎과

낙엽

겨울로

사라지는 사람들

묵비권은 얼고

판단은 흐려지고

푸르다가

검다

집요한 채록이다

흉허물 없이 지낼 수 없어도

갖가지 사정을 알 수 없어도

인물의 동작

모두 노인이 된다
아이처럼 웃는 어른
                      어른처럼 우는 아이
조심해야 할 어른 구덩이

그날이 그날이야
억세진 표정으로
어딘가에 앉아 혼자 국수를 먹고 있을 사람

하고 싶은 대로 해도 정도에 어긋나지 않을 나이가 일
흔이라고 했나
거기까지 가면
정직에는 관객이 필요 없으니 일인극으로 완성하자던
약속은 어찌됐을까

어제는 혼란스럽다 시작된 관련 인물들
눈과 귀가 좋은 사람이라고 하면 둘 다 밝다는 거야?
어두워지면 낫지 않아?

피를 닦은 우연의 페이지

필연의 오해

오해의 안락

안락의 시초

아기

엄마

아기엄마

엄마의 어떤 면을 여자의 어떤 점이 닮았다고 슬쩍 여
자를 훔치는데

그게 사랑이야? 운동이지? 그게 운동이야? 사랑이지?

행위자에게 계속 피가 묻고

오늘은 게걸스럽다 오물에서 시작된 능청스러운 주요
인물

인정하고 싶지 않은 후퇴였지

닫았었어 전진해야 하는 몸은 닫는 동작도 익혀두는
게 좋다고 말하고

그날 아침 7시는 시작인 줄 알았는데
마지막으로 빛나는 유서

어설픈 방어의 후일담이 그런 줄 몰랐어, 알았어
구부리면 덜해, 더해
학습한 동작의 형식 안에서 창을 열고 모조리 날려버
린 새들
손의 원리 안에서 차례대로 지우는 만질 수 있는 부
위들
1년 동안 사용할 동작의 개념을 세우고
특정한 마음으로 웅크리고 펴는 것에 대하여

따로 놀던 손과 발이
한 몸의 손발이 되고
손발의 리듬이 몸이 되는
얼굴의 일부로 전부처럼 알아보는
거기까지 가면
소녀로부터 해가 가장 멀리 있을 때
소녀의 가방에 손을 넣고 휘젓는 때 묻은 소년의 얼굴

도 지울 수 있을까

    여름에 겨울옷을 사고 겨울에 여름옷을 사는
    가난한 딸들이 늙어 늙고 힘없는 어미를 향할 때
    그보다 더 그보다 덜 적당한 인사말과 손동작도 가늠
하기 어려워지는데

    문지르는 것과 쓰다듬는 것이 다르지 내팽개치는 것
들 속에서 간직하려는 동작을 찾아내려는 움직임으로
신호를 기다리며 대기하는 동작이 있었다 위험의 예비
동작을 알고 있는 동작이

    여기까지는 집의 너의 규율의 나의 반대쪽으로
    분실을 일삼으면서 벗어나려는 전체적인 내가 있었다

    푹 꺼진 소파에 어린이가 앉았는데 노인이 되고
    나란히 앉았는데 포개지다가 남녀는 남자도 여자도
아닌 것이 되는 이야기도 있고

모두 노인이 된다

　　　　　　어른처럼 웃는 아이

아이처럼 우는 어른

그러그러하다

그러하여 나보다 더 깊은 한숨 읽고 싶지 않아
그러나 거기서 건진다
사탕 냄새가 난다 사탕 상자인가 봐
아니야 도넛 냄새가 나*
폐지를 줍는 아이들이 상자에 코를 박고 말한다
배고픔이 이 정도는 되어야 머지않아 노래가 되지
                          감탄을 마지않아

  뜨거운 엉덩이를 찬물에 담글 때처럼 떠오르는 추한
과거의 버릇
  집도 비용을 마련할 테니 느끼지 않는 심장을 꺼내주
세요
  고전은 오늘과 섞이지 않으며 고전이 되고
  뉘앙스를 바꾸려고 총동원해봐도
  영감을 주는 너도 사라지는구나 마지막에 너랑 섞고
싶었어 노련하게 물들면서

  저녁에 약속이 있는데 아침에 태어난 아기들의 피부
가 그립고 안 된다는 걸 알기에 되고 싶은 나 그러므로

이것인 줄 알았는데 다른 걸 꿈꾸게 해

밤에 누운 아이가 볼을 쓰다듬으며 재워주면 좋겠어
밤이 눕힌 여자가 등을 쓰다듬으며 노래하면 좋겠어
특별하진 않지만 나는 그러하다

계단은 열세 개 계단은 열두 개 줄어드는 줄 알았더니
계단은 열두 개 계단은 열세 개
의해서 따라 달라지는 그 하루
양쪽에서 오르락내리락하는 나
죄책감이 보이지 않는 날
의해서 뒤에서 타격하며 따라온다
이렇게 강한 것이 다른 건 생각지도 못하게 할 때가
있다
그러그러한 이유로 나는 그러하고 그러하다

발의 냄새가 난다 발의 상자였나 봐
죄의 냄새가 난다 죄의 상자였나 봐
바닥에 엎드린 채 상자에 코를 박고 말한다

땅에 수그린 채 발에 코를 박고 말한다

대개 그저 나는 그런 사람이고 그러그러하다

세상이 그럴 줄이야 세상에 그럴 줄이야

그러그러한 말을 하는 나는 그러그러하다

* EBS 다큐프라임 〈천국의 아이들—웰컴 투 해피랜드〉(2019)에 출
연한 고물을 줍는 독수리 5형제, 첫째 케네스(12세)와 동생의 대화.

아니야 계속 사랑하겠다는 말이야[1]

성동혁
(시인)

　　"죽은 벌레도 치우지 않고 죽은 개도 치우지 않고 때때로 보듬"[2]으며 '화분 옆'에 '모아둔 유골함'들과 '볕을 쬐'[3]며 울던 날 있었다. 저무는 것들을 단지 안에 방 안에 두는 사람이 있다. "애도는 안쪽의 이야기"[4]라 그의 슬픔 언저리에 앉아 기척을 느낄 뿐이었다.

　　"도로 위의 개를 그냥 두고 온 것처럼/지나친 마음은 오래 무거워서"[5]인지 "여기 있는 것인데 못 보는 것과/

---

1 「나(너)는 너(나)와」 부분.
2 「이혼하는 아침에는」 부분.
3 같은 시.
4 「모로」 부분.

멀리 있는 것이라 못 보는 것"[6]이 다르다는 걸 알아서인지 모르겠지만 저무는 것들 앞에서 울던 날 있었다.

사람의 방문을 꺼리던 시절이었으니 지속되는 오래였으니

[……]

울지 마, 너 백 살 때까지 내가 생일 축하해줄게

닮은 달이 많았다 달이 해인지 모르게 스쳐 갔다

고개를 하나 넘고 나서 아파 누워 있을 때 아무도 부르지 않았으므로 아무도 오지 않을 걸 제일 잘 알면서도 더 새롭게 한 번 안다 울고 싶어서 우는 것 말고 우는 자의 처소를 찾아 더 일찍 가서 울었어야 하는 것이다

―「난」 부분

"사람의 방문을 꺼리던 시절"이 있었다. "지속되는 오래"였다. 얼굴을 보지 못했음에도 누나의 표정이 그려지던 시절이었다. 어떤 슬픔은 모른 척하고 지나가면 좋겠지만 누나는, "우는 자의 처소를 찾아 더 일찍 가서 울었어야 하는 것이다"라고 말하는 사람. Ghost note[7]처럼

5 「파란 방울을 달고 오고 있는 것이 있어」 부분.
6 「것의 앞면과 뒷면과」 부분.
7 「Ghost note」의 주석 참고. "관악기에서 실제로는 연주하지 않지만 마치 연주하듯이 소리가 들려오는 음."

들려오는 사람.

> 열쇠공들의 단합으로 겨울은 열리지 않고 굳게 잠기는데
> [……]
> 석탄 공장이 있는 곳에 검은 눈이 내리고
> [……]
> 여름이면 태풍의 이름을 짓기 위해 태풍위원회 회원국
> 들은 모이고
> [……]
> 사람이 싫다는 사람을 소리 없이 좋아해보려는 사람이
> 되려고 한다고
>
> ―「Ghost note」 부분

열리지 않는 겨울 앞에서도, 석탄 공장 주변에 내리는 검은 눈처럼 소복하게 들리는 소리가 있다. 여름이면 이름을 짓기 위해 모이는 태풍위원회 회원국. 태풍이 오기 전 모은 작고 희미한 이름들. 그 사이 어딘가에 "사람이 싫다는 사람을 소리 없이 좋아해보려는 사람이" 있다. 누구도 연주하지 않지만 들려오는 소리가 있다.

시간이 지날수록 타인의 삶에 직접적으로 관여되는 일들이 두렵다. 생명은, 시간은, 관계는 유한해서 소중할수록 슬퍼지곤 한다. 드물더라도 먼발치에서 안심하는

시간을 살고 싶을 때가 는다. 누구의 걱정도 하고 싶지
않고, 누구에게도 걱정을 끼치고 싶지 않을 때가 는다.
그러나 우리는 서로의 걱정을 한다.

말벗이 길벗이 되기는 쉽지는 않지[8]

또렷한 일은 많지 않다. 우리가 언제부터 가까워졌는
지 기억이 나지 않는다. 우린 일이 년 만에 만날 때도 있
다. 하지만 자주 통화하고 메시지를 보내며 지낸다. 나는
인간 황혜경과는 친구지만 시인 황혜경과는 마냥 친구
는 아니다. 시인 황혜경은 자주 경이롭다. 물론 인간 황
혜경도 그러하지만 둘의 온도는 조금 다르다.

그는 거의 모든 상황에서 시를 쓰는 사람이다. 그에게
시는 결과로써 증명하는 예술이 아니다. 그를 보며 '쓰
고 있는' 과정 자체가 시라 느낄 때가 많다. 그에게 시는
세계를 감각하고 이곳을 살아가는 당연한 태도이다. "외
롭지 않은 날에는 쓰지 못했을 것이다"[9]라는 문장은 시
인 황혜경이 쓸 수 있는 가장 완곡한 고백이라 생각한

---

8 「Open」 부분.
9 「철거」 부분.

다. 그는 소중한 말벗이며 길벗이다. 그를 보면 당연한
것이 생각나곤 한다. 시인은 시를 쓰는 사람이지.

노을을 볼 때는 뒤를 예상하지 말고 충분히 들어가야지[10]

저물어야 시작되는 일 있죠. 날이 저물고, 사람이 저
물고 나서야 시작되는 일 있죠. 시인의 의무는 저무는
풍경을 모른 척하지 않는 걸까요. 그런 것이 맞다면 누
난 오래도록 시인의 책무를 이행하고 있는 거겠네요.

> 나무를 심었다 죽을 나무만을 골라 심었다
> [······]
> 바람은 내가 심은 나무만을 골라 죽이는 것이었다 그
> 자리에서
> ─「변명의 자리의 변명의」 부분

모든 나무는 결국 죽겠지만, 일부러 죽을 나무를 찾아
심는 사람은 없죠. 잘 자랄 나무를 고르느라 애쓰는 사
람들 속에서 누난 "죽을 나무만을 골라 심"는 사람이죠.

---

10 「믿고 싶은 말」 부분.

저무는 풍경 속으로 성큼성큼 들어가는 사람이죠. "죽을 나무만을 골라"서 일까요. "바람"이 그 "나무만을 골라 죽이는" 걸까요. 어떤 것이라 해도 나무의 마지막 주인이 누나인 것은 다행이죠.

> 사람의 시간으로 개와 산 게 잘못이야 다 내 잘못이야
> 개를 보내고 개의 시간으로 산다 데리고
> ―「A day in the life」 부분

저무는 나무와 저무는 개의 시간으로 살다가 끝끝내 스스로 저물 것 같은 날도 있었겠죠.

> *정말 사랑한다는 말이지?*
> *아니야 계속 사랑하겠다는 말이야*
> ―「나(너)는 너(나)와」 부분

누나에게 사랑은, 슬픔은, '정말'이 중요한 것이 아니죠. '계속'이 중요한 일이죠. 얼마큼 슬퍼할까보다, 얼마나 긴 시간 동안 슬퍼하는지가 걱정되곤 해요.

어제의 친구는 오늘의 한가운데에서도 친구가 맞는 걸까[11]

결혼을 한 적 없는데 희미한 기억으로는 분명히 그러한데 이혼하는 꿈을 꾸고 일어난 아침에는 오늘의 아침인지 미래의 아침인지 결혼을 한 적이 있었는지 헤어진 것들의 해진 자락을 붙잡고 있는 나만 모르는 것들이 마지막인 듯 필사적으로 끝자락 어디쯤 붙잡고 에워싼다

[……]

이혼하는 아침에는

같이 일어나지 않거나

같이 밥을 먹지 않거나

같이 섞였던 것들을 하나씩 따로 공들여 떼어내면서

[……]

주거니 받거니 악담까지 다 주고받고도

끝나지 않는 관계가 있고

죽은 벌레도 치우지 않고 죽은 개도 치우지 않고 때때로 보듬고 화분 옆에는 모아둔 유골함들이 볕을 쬐고 있다 누군가 두고 간 물건을 누가 갖고 있는 것이라면 이런 것이라고 간직이라고 말할 수도 있겠고

---

11 「겨를의 미들」 부분.

[……]

이 여자 앞에서는 모조리 죽은 것이어야 모처럼 가능해
져서 그러는지 알 수 없지만

이 밤은 이 밤 이후로

어느 내일의

이혼하는 아침에는 보다 더 침착할 것이다

　　　　　　　　　　　　　　　—「이혼하는 아침에는」 부분

　지속되는 시인이여, 숲도 작은 씨앗에서 시작했다는
것을, 구름도 정오의 호수 주변에서 시작했다는 것을, 당
신이 섬기는 신도 갓난아이로부터 시작했다는 것을 잊
지 마오. 또한 당신의 모든 기쁨, 슬픔에서 왔다는 것도
잊지 마오. 그래서 당신은 어떤 것도 가질 수 없으며 모
든 것을 가졌다는 걸 잊지 마오. 그러니 일어나지 않은
일에 미리 슬퍼하지 않길 바라요.

　우리가 나누는 말은 쌀을 먹으라는 말, 두유를 챙겨
마시자는 말, 잠을 푹 자자는 말이죠. 나는 이런 것이 우
리를 지속시키고 시를 지속시킬 거라 믿어요. 사랑도 슬
픔도 그러하겠죠.

　나는 여전히 기도해요. 보이는 곳에서 누나가 울길, 들
리는 곳에서 누나가 울길, 그래서 우리에게 들키길 바라

요. "푹 꺼진 소파에 어린이가 앉았는데 노인이"[12] 된 것처럼 그렇게 아득한 시간을 보내요. "아주 천천히 밥을 먹고/아주 천천히 몸을 씻고/아주 천천히 옷을 입고"[13] 서로의 백번째 생일을 꼭 축하해줘요.

누나의 말처럼 '할 수 없는 것은 할 수 없던 순간'[14]으로 두고. ▨

12 「인물의 동작」 부분.
13 「겨를의 미들」 부분.
14 「시인의 말」에서.